GrafiTäter & GrafiTote

Leo P. Ard/Michael Illner: Flotter Dreier - Gemischtes Doppel • *Leo P. Ard/ Reinhard Junge:* Der Witwenschüttler - Meine Niere, deine Niere - Die Waffen des Ekels - Das Ekel schlägt zurück - Bonner Roulette • *Dorothee Becker:* Mord verjährt nicht - Der rankende Tod • *Jacques Berndorf:* Eifel-Jagd - Eifel-Rallye - Eifel-Feuer - Eifel-Schnee - Eifel-Filz - Eifel-Gold - Eifel-Blues • *Horst Bieber:* Kaiserhof • *Horst Eckert:* Finstere Seelen - Aufgeputscht - Bittere Delikatessen - Annas Erbe • *Christoph Güsken:* Spiel's nicht noch mal, Henk - Mörder haben keine Flügel - Schaumschlägers Ende - Angsthase, Pfeffernase - Bis dann, Schnüffler • *Harald Irnberger:* Ein Krokodil namens Wanda - Das Schweigen der Kurschatten - Geil - Stimmbruch - Richtfest • *Andreas Izquierdo:* Jede Menge Seife - Das Doppeldings - Der Saumord • *Annette Jäckel:* Talk • *Reinhard Junge/Leo P. Ard:* Das Ekel von Datteln • *Reinhard Junge:* Straßenfest - Totes Kreuz - Klassenfahrt • *Jürgen Kehrer:* Der Minister und das Mädchen - Irgendwo da draußen - Das Schapdetten-Virus - Das Kappenstein-Projekt - Bären und Bullen - Spinozas Rache - Schuß und Gegenschuß - Wilsberg und die Wiedertäufer - Kein Fall für Wilsberg - Killer nach Leipzig - Gottesgemüse - In alter Freundschaft - Und die Toten läßt man ruhen • *Agnes Kottmann:* Tote streiken nicht • *Leenders/Bay/Leenders:* Eulenspiegel - Clara! - Feine Milde - Jenseits von Uedem - Belsazars Ende - Königsschießen • *Fabian Lenk:* Der Gott der Gosse - Mitgefangen, mitgehangen - Schlaf, Kindlein, schlaf - Brandaktuell • *Hartwig Liedtke:* Scharfe Schnitte - Tod auf Rezept - Klinisch tot • *Heike Lischewski/Stefanie Berg:* Bananensplit • *Reiner Nikula:* Tödliches Schach - Ein Stückchen Hirn • *Theo Pointner:* Rechts-Außen - Einer nach dem andern - Scheinheilige Samariter - Tore, Punkte, Doppelmord • *Beate Sauer:* Der Heilige in Deiner Mitte • *Niklaus Schmid:* Der Hundeknochen - Die Wettreise • *Ursula Steck:* Alles im Fluss • *Werner Schmitz:* Nahtlos braun - Dienst nach Vorschuß - Auf Teufel komm raus • *Gabriella Wollenhaupt:* Zu bunt für Grappa - Grappa-Baby - Grappa und die fantastischen Fünf - Killt Grappa! - Grappa und der Wolf - Grappa fängt Feuer - Grappa dreht durch - Grappa macht Theater - Grappas Treibjagd - Grappas Versuchung • *Jan Zweyer:* Alte Genossen - Glück auf, Glück ab

Chemnitzer Str. 31, D-44139 Dortmund
Internet: http://www.grafit.de
E-Mail: Grafit-Verlag@t-online.de

Umschlagzeichnung: Peter Bucker
Druck und Bindearbeiten: Elsnerdruck GmbH, Berlin
ISBN 3-89425-224-3
1. 2. 3. 4. 5./01 00 99

Gabriella Wollenhaupt

Zu bunt für Grappa

Kriminalroman

grafit

Die Autorin

Gabriella Wollenhaupt, Jahrgang 1952, arbeitet als Fernsehredakteurin in Dortmund.

Als Kriminalschriftstellerin debütierte sie im Frühjahr 1993 mit *Grappas Versuchung*. Es folgten *Grappas Treibjagd, Grappa macht Theater, Grappa dreht durch, Grappa fängt Feuer, Grappa und der Wolf, Killt Grappa!, Grappa und die Fantastischen Fünf* sowie *Grappa-Baby*.

Die Personen

(in alphabetischer Reihenfolge)

Antonio Cortez	weiß um die Macht des Geldes
Albert Fournier	bekommt, was er will
Maria Grappa	erlebt unbekannte Leidenschaften
Peter Jansen	bleibt als Einziger normal
Rosalie Marengo	lebt in der Vergangenheit
Jean-Jacques Prébois	liebt runde Sachen
Boris Thaler	will alles und bekommt nichts
Joe Sterner	steht auf der falschen Seite

Für Stefan, Thomas und Cathy – ohne die ich einen Teil des Buches nicht erlebt hätte. Das war im Juni 1998.

Und in memoriam Vincent van Gogh, dessen Worte jedes Kapitel des Buches einleiten.

Man hat eine ähnliche Scheu, mich ins Haus zu nehmen, wie man sich scheuen würde, einen großen zottigen Hund im Hause zu haben. Er kommt mit nassen Pfoten in die Stube – und er ist überhaupt so zottig und wüst! Allen läuft er in den Weg. Und er bellt so laut. Kurzum – er ist ein schmutziges Vieh.

Vincent van Gogh, Dezember 1883, in einem Brief an seinen Bruder Theo

Mancher trägt ein großes Feuer in seiner Seele, und nie kommt jemand, um sich daran zu wärmen; die Vorübergehenden bemerken nichts weiter davon als ein kleines bisschen Rauch, der oben aus dem Schornstein quillt, und dann gehen sie ihres Weges.

Glas auf Stein

Am Abend vor diesem Morgen setzte ich die Serie meiner Beobachtungen fort. Der Mann hatte die Rotweinflasche behutsam auf den Steintisch gestellt, die Frau trat zu ihm – in der Hand die beiden Weingläser. Ich hörte auch jetzt wieder das melodische Klingen, als Glas auf Stein traf.

Am Abend vor diesem Morgen hatte das Paar eines jener Gespräche geführt, die mir durch vertraute Gesten und harmonische Stimmlage seit Tagen bekannt waren. Niemals fiel ein unwirsches Wort, da war kein Satz, der nach Streit klang, ich hörte weder aufgeregte Töne, noch sah ich bedrohliche Bewegungen.

Meiner Beobachtungen müde hatte ich mich an diesem Abend ins Bett gelegt, doch im Morgengrauen schreckte ich plötzlich aus dem Schlaf auf. Es war die Stunde, zu der der Himmel sachte blaute, erste Lichter in den Häusern angeknipst wurden, frühe Vögel mit ihrem Lied begannen. Ein Hund bellte.

Der Schrei der Frau spaltete den Morgen in zwei schroffe Stücke. Dann fielen die beiden Schüsse.

Nach den ersten Ermittlungen der französischen Polizei hatte der deutsche Tourist seine Lebensgefährtin zunächst niedergeschlagen, ihr anschließend in den Kopf geschossen, sich den Lauf des Revolvers an den Schädel gesetzt und abgedrückt. Mord und Selbsttötung also. Die Suche nach dem Motiv gestaltete sich schwierig.

Ich horchte in der Nachbarschaft herum. Es gab keinen Abschiedsbrief, keinen Hinweis auf einen vorausgegangenen Kampf, nicht die Spur einer Meinungsverschiedenheit, die in dieser Katastrophe hätte enden können. Das Ferienhaus, das die beiden gemietet hatten, war sauber und aufgeräumt, sogar die Betten waren gemacht – recht ungewöhnlich für diese frühe Stunde. Die Kleider hingen ordentlich im Schrank, im Bad entdeckten die Ermittler eingeweichte Wäsche, im Kühlschrank Lammfilets in Olivenölmarinade und einen runden, göttlichen Käse in Eichenblättern namens Banon, den auch ich fast jeden Abend zum Dessert nahm.

Die Polizei informierte die deutsche Botschaft, die Leichen wurden fortgebracht und zwei Tage später erschien mir alles wie ein alptraumhafter Spuk, der in dieser von alten Geschichten und verwunschenen Ruinen geprägten Gegend durchaus einen Platz verdient hatte.

Was ich jedoch nicht begriff, war mein Interesse an den Toten. Ich hatte sie beobachtet, sogar ausgeforscht, ihnen gar nachspioniert bei ihren Spaziergängen im Dorf. Bei ihren Besuchen in Restaurants hatte ich mich am Nebentisch platziert, in Andenkenläden hinter Postkartenständern versteckt, um sie ungestört beobachten zu können. Niemals jedoch hatte ich etwas entdeckt, was dem Bild eines gewöhnlichen Touristenpaares widersprach. Meine Anteilnahme an den beiden lag also in mir selbst begründet, und das machte mich ein wenig konfus.

Sechs Tage nach dem Vorfall zogen neue Leute in das Haus gegenüber ein. Natürlich hatte der Besitzer eine gründliche Reinigung der Räume in Auftrag gegeben. Geschosse, die durch Münder in Gehirne gelangen, verursachen unschöne Spuren an Wänden und Möbeln.

Die neuen Mieter nahmen die Rolle der beiden Toten ein. Auch sie tranken abends Wein am Tisch aus Stein, auch sie sprachen freundlich und unaufgeregt miteinander.

Ein Vogel im Käfig weiß im Frühling sehr wohl, dass es etwas gibt, wozu er taugt, weiß sehr wohl, dass er etwas zu tun hat, aber er kann es nicht tun, was ist es doch? Er kann sich nicht recht erinnern, dann kommen ihm unbestimmte Vorstellungen, (...) dann prallt er mit dem Kopf an die Stäbe des Käfigs. Und der Käfig bleibt und der Vogel ist wahnsinnig vor Schmerz.

Le petit chou-chou

Ich dachte über eine vorzeitige Abreise nach. Der Urlaub in Südfrankreich hatte mir ohnehin nicht die Entspannung gebracht, die ich erhofft hatte. Wenn die Seele blockiert ist, helfen weder Sonne noch schöne Landschaften, noch der Kontakt zu freundlichen Leuten, die abends mit einem das eine oder andere Fläschchen Côte du Lubéron leeren. Eine Sinn- und Lebenskrise hatte mich voll erwischt.

Ich kletterte ein letztes Mal auf den Felsen, an dem das Dorf Saignon kauerte wie ein Vogel auf seinem Nest. Die Sonne hatte noch nicht ihre volle Kraft entfaltet. Meine Schritte scheuchten schlaftrunkene Vögel auf – sie ließen sich erschreckt über den Felssturz nach unten fallen, um mit der nächsten Luftströmung wieder nach oben gewirbelt zu werden. Ich hörte ferne Nachtigallen schluchzen und Stieglitze in den Mandelbäumen plappern.

Im Westen türmten sich bewaldete Kalkfelsen auf. Da oben war ein schönes Plateau mit Steineichen, Zystrosen, Lavendelfeldern und einer endlos erscheinenden Garrigue, aus der steinerne Ruinen und Rundbauten herauslugten.

Diese Landschaft prahlte nicht mit dem perfekten Winkel ihrer Zypressen zum Horizont, sie war nicht stolz auf den sanften Übergang des glatten Blaus ihres Himmels ins gekräuselte Grün des Waldes.

Ich atmete durch. Es wurde Zeit, an den Abstieg zu

denken. Das Auto musste reisefertig gemacht, die Wohnung aufgeräumt und der Schlüssel abgegeben werden.

Merkwürdig, dass ich bisher nie jemanden zu dieser Stunde hier getroffen hatte. Das liegt an den Ferien, dachte ich, die Leute stehen spät auf und für die Einheimischen besaß eine Klettertour auf den Felsen schon längst keinen Reiz mehr.

Meine Schritte waren zögerlich auf dem Weg nach unten. Ich folgte dem leichten Bogen einer Mauer aus Naturstein, die so niedrig war, dass sie die Landschaft nicht den Blicken entzog.

Mit den Fingerspitzen berührte ich die Kräuter, die sich in den Ritzen der Steine angesiedelt hatten, zupfte einige Stängel ab, zerrieb sie zwischen den Fingern, sog den Duft ein, schloss die Augen.

Das Geräusch schreckte mich auf. Ein Knistern im Gebüsch. Instinktiv trat ich einen Schritt zurück, die Mauer war in meinem Rücken. Ein riesiger hellbrauner Hund baute sich drohend vor mir auf. Sein Knurren ließ auf wenig gute Laune schließen und den unbedingten Willen, mich auf keinen Fall ungeschoren vorbei zu lassen.

Ich überlegte. Einfach weiter zu gehen erschien mir zu riskant, stehen zu bleiben hatte ebenfalls wenig Sinn. Mein Blick glitt durch die Gegend. Das Monster schien allein hier herumzustreunen, kein Herrchen oder Frauchen. Das Tier hatte noch nicht mal ein Halsband, geschweige denn eine Hundemarke. Wir waren schließlich in Frankreich auf dem Land, da wo sich kaum einer um Leinenzwang oder Hundesteuer scherte.

Der Abstand zwischen dem Köter und mir betrug etwa zweieinhalb Meter. An unser beider Körperhaltung hatte sich nicht viel geändert. Er fixierte mich, ich tat umgekehrt dasselbe. Er war kräftig, sein Fell war eine Melange von Dunkel- und Hellbraun, seine rechte Pfote fiel auf, denn sie war schneeweiß, der Übergang des hellen ins braune Fell war unregelmäßig gezackt. Doch die Farbe der Pranken machte mir weniger Sorgen als die langen Krallen der Bestie.

Wo gab es einen Fluchtweg? Die Mauer in meinem Rücken half mir nicht – ganz im Gegenteil. Einen Stock hatte ich nicht dabei, auch keine Jacke, die ich um meinen Arm wickeln konnte, so wie ich es beim Schäferhundetraining mal gesehen hatte. Außerdem gab mir niemand eine Garantie, dass mich das Biest nicht in die Waden oder in andere edle Teile meines Bodys biss.

Ich beschloss, es mit Reden zu versuchen. Das konnte ich schon immer gut. Du kannst jemanden tot quatschen – mir fiel einer von Peter Jansens Lieblingssprüchen ein. Jansen war mein Kollege und er hätte sich sicher krumm gelacht, mich in dieser ausweglosen Situation zu sehen. Also los!

»Ah, bonjour, mon petit chou-chou«, begann ich mit leicht zitternder Stimme. *»Tu es si beau, tu es un très joli chien ...«*

Es passierte nichts. Das Tier spitzte lediglich die Löffel.

»Tu es le plus beau chien du monde«, stammelte ich.

Jetzt knurrte er wieder, ich hatte wohl maßlos übertrieben mit meinen Schmeicheleien.

»Verpiss dich, du Pinscher«, bemühte ich meine Muttersprache. »Oder es passiert was.« Mein Ton war härter geworden.

Endlich ein Erfolg. Er stand auf die harte Nummer. Muss wohl ein Rüde sein, dachte ich, er hört auf knappe, eindeutige Befehle.

Das Tier legte sich nieder, den Kopf auf den Pfoten. Die gelben Augen blieben dennoch an mir haften.

Mutig trat ich einen Schritt vor. Sofort erhob sich der Hund, doch er knurrte nicht mehr.

Ich ging auf ihn zu, verfiel aber wieder in dieses dämliche *›Ah! Mon petit chou-chou‹*, versicherte ihm nochmals, dass er der schönste Hund der ganzen Welt sei, dass er um Himmels willen ruhig bleiben sollte, dass ich eine bekannte Tierschützerin aus Deutschland sei, die regelmäßig Reportagen über Tierheime und geschlagene Hunde anfertigt, und so weiter.

Dann hatte ich das Tier überzeugt. Der Braune ließ mich vorbei, knurrte nicht mehr. Es handelte sich tatsächlich um ein männliches Tier. Ich behielt ihn im Auge, doch sein Interesse an mir schien zum Glück erlahmt. Ich atmete auf.

Noch mit weichen Knien durchschritt ich die engen Gassen. Verstohlen blickte ich mich um, ob der Hund mich hinterrücks zu überfallen drohte, doch *chou-chou* war nicht zu sehen. Guter Hund, mutige Grappa. Ich entspannte mich.

In den Straßen des Dorfes hatte das Leben noch nicht so richtig begonnen. Scheue Katzen kreuzten jetzt meinen Weg, auf einer Fensterbank hockten zwei schneeweiße Tauben, eine weiße löcherige Gardine wehte über mir.

Kurz vor meinem Ferienhaus brach ich ein paar Zweige Rosmarin ab und pflückte etwas Thymian aus einem Busch, der auf halber Höhe aus einer Steinmauer wuchs. Den Rest des Tages bereitete ich meine Abreise vor.

Es könnte leicht sein, dass mein Unbehagen in diesen Tagen mit einer Art Umschwung in der Arbeitsweise zusammenhängt, nach dem ich schon öfter gesucht und über den ich schon viel nachgedacht habe.

Leere im Herzen

Wieder zurück in Bierstadt vergaß ich die Sache mit den beiden Toten im französischen Steinhaus. Wenigstens zunächst.

»Von Erholung keine Spur«, kam ich der Frage meines Chefs Peter Jansen zuvor. Er hatte sich vor meinem Schreibtisch niedergelassen, in der Hand einen Becher Kaffee und vor sich die neueste Ausgabe des *Bierstädter Tageblattes*.

»Dann willst du dich also bei der Arbeit erholen?«, fragte er vorsichtig nach.

»Genau«, strahlte ich. »Ich kann ja wohl auf dein Verständnis rechnen, oder?«

Jansen grinste schief. »Eine Woche.«

»Was – eine Woche?« Ich verstand Bahnhof.

»Eine Woche hast du Schonfrist«, erklärte er. »Dann machst du dich an diese Serie.«

»*Mon dieu, ce n'est pas vrai!*«

»Es hilft dir gar nicht, wenn du auf Französisch fluchst«, blieb Jansen hart. »Du kannst dir nicht immer die heißen Geschichten unter den Nagel reißen. Gib dem Nachwuchs auch mal eine Chance.«

»Nachwuchs?« Ich lachte bitter auf. »Meinst du diesen aufgeblasenen Schnösel, der seit neuestem den Redakteurstitel tragen darf?«

»Ich weiß, dass du ihn nicht leiden kannst. Aber er muss sich noch die Hörner abstoßen. Seine Artikel sind brillant formuliert – das musst du zugeben.«

»Er ist nicht blöd«, räumte ich ein. »Doch der Junge hat einen großen Fehler. Er interessiert sich nicht wirklich für die Menschen, über die er ach so brillant formuliert. Sie sind ihm scheißegal. Intelligente Leser merken das.«

»Dass unsere Leser mit überdurchschnittlicher Intelligenz gesegnet sein sollen, konnten sie bisher prima verbergen«, grinste Jansen. »Aber ich gebe zu, dass ihm das Herzblut fehlt. Er ist hungrig, aber er hat keine Wärme. Willst du ihm nicht unter die Arme greifen?«

»Dem greif ich nirgends hin – noch nicht mal unter die Arme«, maulte ich. »Aber lass ihn die Story mit der Autoschieberbande ruhig machen. Vielleicht poliert ihm dann mal jemand seine arrogante Fresse. Oder boxt ihn aus seinem Armani-Anzug.«

»Ich wusste, dass du ihn eigentlich ganz gut leiden kannst«, frotzelte Jansen. »Er hat schon gefragt, wann du endlich aus Frankreich zurückkommst.«

»Vermutlich, um sich das Gift zu besorgen, mit dem er mich um die Ecke bringen kann«, mutmaßte ich.

»Vielleicht will er auch nur sämtliche Mandelhörnchen der Umgebung aufkaufen, um dich in der Hand zu haben.« Jansen schüttete sich aus vor Lachen.

»Dieser Thaler ist ein Arsch«, stellte ich freundlich fest. »Da wirst du auch noch drauf kommen.«

»Wann fängst du an?«

»Womit?«, stellte ich mich dumm.

»Grappa! Die Serie!«

»Nächste Woche. Ich muss mich vom Urlaub erholen – ehrlich.«

»Zu viel Alkohol? Zu viele Männer?«

»Keine Männer. Aber Alkohol stimmt. Schließlich war ich in Frankreich.«

»Du hast den Männern mal wieder abgeschworen?«

»Genau. Ich werde vielleicht lesbisch.«

»Du?« Jansen lachte. »Mit Frauen kommst du doch noch weniger klar als mit Männern.«

»Ist auch wieder wahr«, gab ich zu. »Was also soll ich tun?« Mir fiel meine Hundedressur-Nummer wieder ein. »Mit Tieren kann ich's neuerdings gut«, behauptete ich dann.

»Was?!« Jansen schreckte entsetzt hoch.

»Nicht das, was du denkst mit deiner schmutzigen Phantasie«, grinste ich. »In der Provence galt ich als Hundebändigerin erster Güte.«

Ich schilderte ihm meine Erfahrung mit *le petit chouchou*, schmückte die Story allerdings noch ein bisschen aus, so dass mein Part wesentlich heldenhafter ausfiel.

»Du hast den Köter ohnmächtig gelabert«, schloss Jansen messerscharf, »das verkraften Männer natürlich nicht. Besonders die, auf die du normalerweise stehst. Diese oberflächlichen Schwätzer mit gutem Aussehen und der eleganten Leere im Herzen.«

»Ich will einen Jäger und bleibe immer wieder an einem Sammler hängen«, gab ich zu. »Vermutlich, weil's keine Jäger mehr gibt. Schlepp mir einen an und ich nehme ihn sofort. Egal, wie er aussieht.«

»Wahre Größe liegt sowieso im Verzicht«, dozierte mein Chef. »Arbeite und bete, Grappa! Wenn's ganz eng wird, kannst du ja auch eine Anzeige in der *Zeit* aufgeben. Unter Bekanntschaften.«

»Für das, was ich von einem Mann zurzeit haben will, reichen die *St. Pauli-Nachrichten.* Unterhalten kann ich mich mit mir selbst und aufwachen will ich morgens nur noch neben mir. Vielleicht versuch ich's wirklich mal mit einem netten Haustier. Das ist mit Dosenfutter zufrieden, stellt keine dummen Fragen und trinkt mir meinen Wein nicht weg.«

Jansen prustete los, ein paar Kaffeespritzer landeten auf dem Zeitungsstapel auf meinem Schreibtisch.

»Und jetzt raus hier«, sagte ich. »Ich muss meine Post durchsehen und ein bisschen aufräumen. Und dann überlege ich mir ein Konzept für diese verdammte Serie.«

Auf meinem Schreibtisch konkurrierten ungelesene Zeitungen und verschlossene Post miteinander. Ich begann die Blätter der vergangenen Tage zu überfliegen, um auf dem Laufenden zu sein. Während meines Urlaubs war in dieser Stadt nicht viel passiert. Der Wahlkampf hatte begonnen, die örtlichen Kandidaten hatten plötzlich wieder Interesse an denen, auf deren Stimmen sie erpicht waren. Um diese Leute sollte sich auch jene elende Serie drehen, die mir Jansen aufs Auge gedrückt hatte. Ich sollte menschlich-sensible Porträts der Wahlbewerber stricken. Das hieß, in den nächsten Wochen in Unehrlichkeit, Eitelkeit, Geltungstrieb, Dummheit und Arroganz umherzuwaten. Manchmal hasse ich meinen Beruf.

Schlecht gelaunt schubste ich meinen Kaffeebecher beiseite, prompt fiel er um und die Brühe ergoss sich über die Zeitungsseite, die ich gerade las. Ich versuchte, den Fluss des Kaffees mit einem Papiertaschentuch zu stoppen – und stutzte plötzlich. Mein Blick war auf eine Notiz gefallen, die als Einspalter unten links eingeklemmt war. Hastig tupfte ich den Kaffee auf.

Tragödie in der Provence – stand da. Darunter wurde

über den Tod eines gewissen Theodor Kolatschke und seiner Lebensgefährtin Isadora Neumann berichtet. Die Meldung war knapp und an Fakten orientiert geschrieben. Die schnörkellose Sprache des Berichtes brachte in meinem Kopf das Klingen der Rotweingläser zurück und den Klang vertrauter Gespräche in nach Ginster duftender Luft. Alles war schon wieder so weit weg gewesen, verschwommen in dubioser Erinnerung. Um nicht zu sagen: erfolgreich verdrängt.

Ich las die Meldung noch einmal. Wer waren Theodor Kolatschke und Isadora Neumann? In dem Zeitungsbericht stand nichts darüber. Auf jeden Fall mussten sie aus unserer Gegend stammen, sonst hätte unser Blatt den Tod der beiden nicht zur Kenntnis genommen.

Schnell sah ich meine Post durch. Neben den üblichen Beschimpfungen, die sich auf meine respektlosen Artikel bezogen, gab es Schreiben von Menschen, die mir ihre Lebensgeschichte gegen Geld zur Vermarktung anboten – von dem seit zwanzig Jahren gegen Kliniken prozessierenden Frührentner bis zu der Versicherungsangestellten, die es in ihrem vierzigjährigen Leben auf rund achtzig Männer gebracht hatte. Das war wirklich eine stramme Leistung! Ich rechnete durch – und kam für mich gerade mal auf fünfzehn. Irgendwas ist in deinem Leben schief gelaufen, Grappa, dachte ich und griff zum nächsten Brief.

Er war von einem Mann, der in der Computerbranche arbeitete und meine Artikel brillant fand. Geschmeichelt las ich weiter und stockte: *Mein gutes Stück ist 22,5 Zentimeter lang,* stand da in blassblauer Schrift, *bisher waren alle Frauen überrascht bis irritiert. Ich hoffe, Sie sind mutiger. Ich suche eine ›liaison dangereuse‹ zu einer Frau wie Ihnen.*

Im letzten Satz des Briefes stellte er dann die Zusendung eines aussagekräftigen Fotos in Aussicht. Ich überlegte gerade, welcher Körperteil auf dem Foto wohl abgebildet sein würde, als es klopfte.

Es war Boris Thaler, der Nachwuchsschreiber, der scharf auf meine Storys war.

»Hallo, Frau Kollegin«, begann er. »Ich hoffe, Sie hatten einen erholsamen Urlaub.«

Er war noch keine dreißig, dunkel und groß, eine Spur zu mager, sah aber überdurchschnittlich gut aus. Die braunen Augen waren von langen Wimpern eingezäunt, das Kinn war ein bisschen zu lang, der Mund zu rund und zu klein, die Mundwinkel trugen jenen arroganten Zug, der in der Jugend hinreißend wirkt, im Alter jedoch Menschenverachtung und bösartigen Zynismus widerspiegelt. Sein Leben würde ihm nichts schenken. Und die Menschen darin auch nicht.

»Was liegt an?«, zickte ich. Ich spürte die Unmutsfalte zwischen meinen Augenbrauen.

»Herr Jansen meinte, dass Sie mir vielleicht Tipps geben könnten, wie ich an den Kopf der Autoschieberbande herankomme«, stammelte er.

»Sie sind doch der Überflieger mit der großen Klappe«, erwiderte ich grob.

»Ich dachte nur ...« Boris Thaler stockte und setzte den ›Bin-ich-nicht-ein-braver-Junge?‹-Blick auf.

»Hören Sie mal zu, junger Mann«, dozierte ich. »In diesem Beruf ist jeder des anderen Konkurrenten. Jede Story, die ich schreibe, können Sie nicht verderben. Und die Sachen, an denen Sie dran sind, sind für mich tabu. So einfach ist das.«

»Ich dachte, es gäbe so etwas wie Kollegialität«, widersprach Boris Thaler. »Immerhin haben Sie mehr Erfahrung als ich. Ich habe alle Ihre Geschichten der letzten Jahre gelesen und ich finde sie außergewöhnlich gut.«

Nicht schlecht, dachte ich anerkennend, der clevere Junge hat immerhin begriffen, dass ich für Schmeicheleien ziemlich anfällig bin. Und diesmal war es ein ›Du-wirst-mir-doch-wohl-nicht-widerstehen-können?‹-Blick, der mich traf.

»Natürlich sind meine Storys genial«, gab ich unumwunden zu. »Und jetzt sagen Sie mir einen Grund, warum ich Sie an meiner Genialität teilhaben lassen sollte? Ich kann Sie noch nicht mal gut leiden.«

Thaler schwieg.

»War sonst noch was?«, fragte ich.

»Schade«, sagte er hart. »Ich kann Sie übrigens auch nicht ausstehen. Sie sind unkollegial und arrogant und haben noch nicht begriffen, dass Ihre Zeit längst abgelaufen ist.«

Seine Augen hatten noch eine weitere Variante drauf: den ›Komm-mir-nicht-so-du-dämliche-Ziege‹-Blick.

Ich revanchierte mich mit einem müden ›Nerv-mich-nicht-du-Schnösel‹-Gucker.

»Prima«, strahlte ich dann. »Jetzt sind die Fronten wenigstens geklärt. Einen schönen Tag noch! Und machen Sie die Tür zu – aber von außen.«

Was soll man tun? Das Feuer im Innern erhalten, das Salz der Erde in sich tragen, geduldig – und doch wie ungeduldig – warten, warten auf die Stunde, da irgendwer kommt und sich niederlässt – da bleibt – was weiß ich?

Erdnah und vital

»Was hast du mit dem armen Jungen gemacht?«, fragte Jansen, als wir eine Stunde später das Mittagessen beim Italiener nebenan einnahmen.

»Nicht der Rede wert«, murmelte ich und drehte die Pfeffermühle über meinem Carpaccio. »Ich mag nur keine Männer, die so eitel sind, dass sie kaum laufen können.«

»Alles nur Unsicherheit«, wandte Jansen ein. »Er versucht in diesem Beruf Fuß zu fassen. So warst du in dem Alter auch.«

»War ich nicht«, widersprach ich. »Ich habe meine Kohle nicht für rahmengenähte Schuhe und Designerjeans ausgegeben, sondern für Greenpeace und die Rettung von Nordseerobben. Außerdem – willst du mir das Essen verderben?«

»Okay«, gab er nach. »Was wirst du heute tun?«

»Nicht viel. Ich habe meine Post durchgesehen und ...« Ich stockte, dachte an die beiden Toten in der Provence. »... ich bin auf eine interessante Meldung gestoßen. Sie handelte von zwei Touristen, die in der Provence ums Leben kamen. Theodor Kolatschke und Isadora Neumann. Er hat sie erschossen und dann sich selbst.«

»Was interessiert dich daran?« Jansen schob das Pizzabrot in den Mund, das er zuvor mit Mascarpone-Kräutercreme bestrichen hatte. Eine irre leckere Angelegenheit.

»Ich habe die Schüsse gehört«, erzählte ich, »irgendwann früh morgens. Die beiden hatten das Ferienhaus gegenüber von meinem gemietet. Komisch, nicht?«

»So ein Zufall«, wunderte sich auch Jansen.

»Weißt du mehr über die Sache?«

Der Kellner brachte Perlhuhn-Brust an Ruccola-Salat und goss den Pinot grigio nach.

»Nö«, kaute Jansen. »Die Sache hat Thaler recherchiert. Frag ihn.«

»Auch das noch«, stöhnte ich. »Bevor ich den frage, recherchiere ich die Sache lieber von Anfang an selbst. Weißt du wenigstens, was die beiden so gemacht haben?«

»Er war Antiquitätenhändler – soviel ich weiß. Kein Trödel, sondern Hochklassiges. Gibst du mir mal das Salz?«

Ich reichte ihm das Gewürz. »Und sie?«

»Keine Ahnung. Seine Lebensgefährtin vermutlich.«

»Warum haben die sich wohl umgebracht?«, sinnierte ich. »Die Provence war so schön, so warm und sanft, so voller Licht und Leichtigkeit. Eine Landschaft zum Leben und nicht zum Sterben. Ich verstehe das nicht.«

»Grappa! Die Sache hat dich ja richtig mitgenommen.«

»Du hast Recht.«

»Warst du mit den Leuten befreundet?«

»Nein. Ich habe nie ein Wort mit ihnen gesprochen. Ich habe sie nur beobachtet. Frag mich nicht, warum ich das getan habe – ich weiß es selbst nicht.«

Nachdenklich stocherte ich in dem Ruccola-Salat herum, er schmeckte plötzlich bitter. Ich schob den Teller weg.

Wir schwiegen eine Weile. Ich trank den Wein, stellte das Glas anschließend auf den Tisch zurück. Es war ein völlig anderes Geräusch als der Klang des Kelches auf dem Steintisch vor wenigen Tagen, irgendwie zivilisierter und distanzierter, nicht so erdnah, warm und vital.

»Geht es dir gut?« Jansen hatte die Verwandlung, die sich in mir vollzogen hatte, beobachtet.

»Kein Grund zur Sorge«, beruhigte ich ihn. »Ich brauche nur ein bisschen Zeit, um mich wieder zu fangen. Hier ist alles so anders. Vertraut und doch fremd.«

»Lass dir Zeit«, sagte Jansen warm. »War sonst noch was Wichtiges in deiner Post?«

»Ja«, grinste ich. »Ein Leser will eine so genannte *liaison dangereuse* mit mir eingehen.«

»Was will er?«

»Das heißt soviel wie eine ›gefährliche Beziehung‹«, erklärte ich.

»Gefährlich? Ist doch genau das Richtige für dich.«

»Er behauptet, dass sein Schwanz 22,5 Zentimeter lang ist.«

Jansen verschluckte sich an dem Wein und begann zu husten. Ich klopfte ihm auf den Rücken.

»Du erlebst Sachen!«, keuchte er dann. »Ich hoffe, du hast den Brief gleich weggeworfen.«

»Nicht sofort«, gestand ich und grinste. »Erst hab ich mein Lineal aus der Schublade genommen.«

»Grappa!«

Unter manchen Umständen ist es besser, der Besiegte zu sein als der Sieger, zum Beispiel lieber Prometheus als Jupiter.

Überlebensmesser

Um Zeit zu sparen, beschloss ich, meine Abneigung gegenüber Boris Thaler zu überwinden. Ich klopfte an seine Zimmertür, trat sofort ein und ertappte ihn dabei, wie er gebannt in einen Handspiegel schaute.

»Wenn Sie weiter so gucken, werden Sie sich noch selbst schwängern«, warnte ich gutherzig.

»Ich habe einen Mitesser auf der Nase«, klagte er.

»Sie sollten sich krankschreiben lassen«, riet ich. »Oder legen Sie sich unter die Guillotine, dann ist der Pickel auch weg.«

»Sehr witzig.« Er schaffte es tatsächlich, sich ein müdes Grinsen herauszuschrauben.

»Was führt Sie zu mir, Frau Grappa?«, näselte er. »Ich nehme an, dass Sie sich bei mir entschuldigen wollen.«

»Darauf würde ich nicht wetten.«

»Was ist es dann?«

Thaler steckte den Handspiegel in ein schwarzes Täschchen zurück. Ich erblickte darin Kamm, Haargel und ein besseres Herrenparfum.

Verkehrte Welt, dachte ich, in meinem Kosmetiktäschchen gaben sich nur ein einzelner Lippenstift und ein Schweizer Überlebensmesser ein Stelldichein.

»*Tragödie in der Provence*«, zitierte ich. »Der Artikel ist doch von Ihnen. Sagt Jansen jedenfalls.«

»Wollen Sie einen Apfel?«, fragte Thaler und reichte mir die Frucht.

»Lieber nicht«, wehrte ich ab. »So hat's im Paradies auch angefangen. Und das Ergebnis kennen wir ja.«

»Was wollen Sie über den Fall wissen?« Endlich wurde er geschäftsmäßig.

Ich sah mich in seinem Büro um. An der Wand hing ein Kalender mit PS-starken Sportwagen, ein Filmposter, das eine gestylte Blondine zeigte, und ein Foto von Egon Erwin Kisch, dem Altmeister des Reportage-Journalismus. Ein kleines Wunder, dass Thaler den überhaupt kannte.

Wahrscheinlich wirft er mit Pfeilen auf ihn, dachte ich, konnte aber trotz genauen Hinsehens keine Löcher erkennen.

»Wer waren die beiden?«

»Kolatschke besaß eine Reihe von Antiquitätenläden, seine Lebensgefährtin fungierte als Geschäftsführerin.«

»Warum haben die beiden das getan? Finanzielle Probleme? Partnerschaftskrise?«

»Keine Ahnung.« Boris Thalers Schultern zuckten in der Joop-Jacke. »Ist das wichtig?«

»Vielleicht.«

»Warum?«, fragte er ohne Verständnis.

»Mich interessieren solche Tragödien. Ich habe was übrig für Menschen und ihre Schicksale – aber das ist Ihnen wohl fremd, was?«

»Unterschätzen Sie mich nicht«, unterlief er meine Provokation. »Ich habe natürlich ebenfalls versucht, etwas herauszubekommen.«

»Und? War der Versuch von Erfolg gekrönt?«

»Ich bin zu dem Haus der beiden gefahren«, berichtete Thaler. »Dort war die Polizei. Es gab nichts Außergewöhnliches. Bis auf ...« Er stockte.

»Bis auf ...?«

»Vor dem Haus standen Kleidersäcke. Für die Altkleidersammlung.«

»Und?« Ich wurde ungeduldig.

»Ich wartete, bis die Polizei verschwunden war. Dann hab ich die Sachen durchsucht.«

»Was haben Sie gefunden?«

»Die Kleider waren fast ungebraucht. Es waren gute Sachen dabei. Dann hatte ich ein Herrenhemd und eine Hose in der Hand. Beides war voller Blut. Altes Blut, eingetrocknet und fast schwarz.«

»Männerkleidung?«

»Ja. Für einen kleineren Mann.«

»Das könnten Kolatschkes Sachen gewesen sein, er war etwa einssiebzig«, erinnerte ich mich. »Was haben Sie gemacht? Die Polizei informiert?«

»Nein. Ich habe den Hausmeister befragt, der die Wohnung immer betreut hat, wenn Kolatschke in Urlaub war. Er sagt, dass die Kleidersäcke schon seit Monaten im Keller gestanden hätten. Kolatschke habe ihn gebeten, auf die nächste Altkleidersammlung zu warten und die Sachen dann an die Straße zu stellen, damit sie abgeholt würden.«

»Und nun haben sie längst den Weg durch den Reißwolf hinter sich«, mutmaßte ich. »Das war keine besondere Leistung, Herr Kollege. War eigentlich nur Blut an den Kleidern oder gab's auch Beschädigungen – durch Messerstiche vielleicht ... oder waren Risse zu sehen?«

»Die Sachen waren schon in Ordnung«, erinnerte er sich. »Unversehrt. Nur ganz hart von dem vielen Blut. Es war ekelig. Ich hab die Teile wieder in den Sack zurückgesteckt und mir in der nächsten Kneipe die Hände gewaschen. Und erst mal einen gehoben.«

»Etwa Bier?«

»Ja. Und einen Korn. Wieso?«

»Ich dachte, so was wie Sie trinkt nur Champagner.«

»So kann man sich täuschen, Frau Grappa«, grinste Thaler. »Ich kann auch mit den Händen essen, wenn's sein muss. Oder in einer Strohhütte schlafen mit Wanzen und so.«

»Wenn die armen Tiere Ihr Parfum riechen, nehmen die sowieso die Beine in die Krallen.«

»Muss ein Mann Ihrer Meinung nach schlampig gekleidet sein und übel riechen?«

»Keineswegs. Aber lassen wir das. Vielen Dank auf jeden Fall für die Auskunft.«

»War mir ein Vergnügen«, lächelte Thaler charmant. »Kann ich sonst noch was für Sie tun?«

»Nicht im Moment. Ich melde mich rechtzeitig, falls dieser Fall eintreten sollte.«

»Das wäre nett. Heißt das, dass wir das Kriegsbeil jetzt begraben haben?«

»Nennen wir es einen vorläufigen Waffenstillstand.«

Weißt Du, was das Gefängnis zum Verschwinden bringt? Jede tiefe, ernste Zuneigung. Freund sein, Bruder sein, lieben – das öffnet das Gefängnis mit Herrschermacht, durch einen mächtigen Zauber. Wer aber das nicht hat, der bleibt im Tod. Aber da, wo Liebe neu geboren wird, wird das Leben neu geboren.

Würdevoll und stolz

Kolatschkes Hütte war nicht schwer zu finden. Ich hatte meinen Arbeitstag früher als üblich beendet, nachdem ich mir die Adresse des Toten aus dem Telefonbuch herausgesucht hatte. Keine Ahnung, was ich mir von diesem Besuch erhoffte. Vielleicht einen Hinweis auf den Hintergrund der Tragödie. Aber wahrscheinlich war es nur die Neugier einer Journalistin, die eine heiße Story einer langweiligen Serie vorzog.

Von diesem Besuch hängt alles ab, dachte ich. Wieder ergriff mich diese seltsame Unruhe, die mich in Frankreich erfasst hatte, als ich versteckt hinter Postkartenständern und an Nebentischen lauerte, um meinen Beobachtungen nachgehen zu können.

Die Villa lag im Bierstädter Süden, war gepflegt und schick. Ich parkte mein Auto direkt vor dem Gartentor. Das Haus im Bauhaus-Stil war liebevoll getüncht worden, der Eingang wurde von zwei in Form gestutzten Buchsbäumen gesäumt, der Treppenaufgang war aus rosa Granit, der perfekt mit dem Rot der Ziegel harmonierte. Ich stieg aus und näherte mich dem Haus.

Alles war verlassen. Die Rollläden verwehrten einen schnellen Blick durch die hohen Fenster, Zeitungen und Reklamesendungen verstopften den Briefkasten, die Gladiolen im Vorgarten brauchten Wasser, die Rosen zeigten Anzeichen von Verwilderung, der ehemals gepflegte Rasen gelbliche Flecken.

Behutsam rüttelte ich am Tor. Es war natürlich verschlossen. Ein leichter, warmer Wind kam auf. Ich schloss die Augen, glaubte plötzlich den Geruch von blühendem Ginster in der Nase zu haben. Grappa, jetzt drehst du durch, dachte ich.

»Kann ich Ihnen helfen?«, fragte eine Stimme in meinem Rücken.

Ich schnellte herum.

»Ist Ihnen nicht gut?«, folgte die zweite Frage.

»Doch, doch«, wehrte ich ab. »Ich habe mich nur erschrocken. Das ist alles.«

»Sie stehen vor diesem Haus, haben die Augen geschlossen und atmen tief durch«, fuhr der Mann fort. »Kannten Sie die Leute, die hier wohnten?«

»Warum fragen Sie das?« Ich hatte mich wieder gefasst.

Der Mann war groß, kräftig und hatte blondes zerzaustes Haar, das ziemlich durcheinander war. Auf der gekrümmten Nase waren Spuren von Sonnenbrand zu erkennen, die Falten um die Augen verrieten, dass er sich ungeschützt südlicher Sonne ausgesetzt hatte.

»Ich wohne nebenan«, behauptete der Mann. »Ich heiße Joe Sterner. Ich sah Sie hier stehen und dachte, dass Sie vielleicht eine Verwandte der beiden sind ... oder eine Freundin. Vielleicht jemand, der noch nicht weiß, dass die beiden ...«

Seine Stimme war tief und hatte einen leichten Akzent.

»Doch, ich weiß es. Ich kannte die beiden aber nur vom Sehen«, sagte ich. »Sie hatten das Ferienhaus neben mir gemietet und ich habe die Schüsse gehört – an jenem Morgen, als es passiert ist.«

»Sie waren zur selben Zeit in der Provence?«

»Ja. Ein merkwürdiger Zufall, dass beide auch noch aus der gleichen Stadt wie ich kommen, nicht wahr? Was wissen Sie über Kolatschke und seine Frau?«

»Nicht viel. Er hat mich mal besucht, tat, als interessiere er sich für meine Arbeit. Ich bin Bildhauer.«

»Er tat nur so? Dann hat er sich nicht wirklich für Ihre Arbeit interessiert, oder was?«

»Genau so war es. Er war allerdings ganz wild auf meine Skizzensammlung.«

»Ihre Skizzen?«

»Nein, sie waren nicht von mir. Ich besaß Skizzen aus dem letzten Jahrhundert. Fachleute haben sie van Gogh zugeordnet.«

»Kolatschke war Antiquitätenhändler.«

»Sicherlich. Aber besonders seriös schien er nicht gewesen zu sein.« Es klang bitter.

»Was ist passiert?«

»Ich weigerte mich, ihm die Sachen zu verkaufen. Eine Woche später wurde bei mir eingebrochen«, erzählte Sterner.

»Glauben Sie, dass Kolatschke ...?«

»Natürlich. Aber beweisen konnte ich es nicht.«

»Tut mir Leid.«

Unschlüssig standen wir noch immer vor dem Tor herum.

»Wer sind Sie eigentlich? Ich erzähle Ihnen mein ganzes Leben und ich weiß überhaupt nichts von Ihnen!« Er lachte und es stand ihm gut.

»Ich bin Journalistin«, klärte ich ihn auf. »Arbeite für eine Zeitung. Mein Name ist Maria Grappa.«

»Ich habe noch nie was von Ihnen gelesen«, gab er zu.

»Wahrscheinlich lesen Sie die Lokalzeitung nicht.«

»Allerdings. Ich lese nur überregionale Blätter.«

Ich lachte. »Mein Ego wird's überleben.«

»Kann ich das nicht wieder gut machen?« Seine Stimme und seine Nähe machten mir weiche Knie.

»Und wie?«, hörte ich mich sagen.

»Wie wär's mit einem Abendessen? Ich habe einen Bärenhunger. Ich kenne ein sehr gutes französisches Restaurant. Es ist hier ganz in der Nähe.«

»Gern. Worauf warten wir also noch, Herr Sterner?«

»Sagen Sie Joe zu mir«, forderte er.

Er reichte mir seinen Arm. Beschwingt gingen wir los. Der Zustand meiner Gefühle sagte mir, dass ich den Männern nie endgültig würde abschwören können. Sie waren so hinreißend andersartig, so schrecklich fremd und doch manchmal so verdammt nah, sie rührten mein Herz an und verletzten es zugleich immer wieder.

Ich achtete nicht darauf, durch welche Straßen er mich führte, irgendwann saßen wir an einem kleinen Tisch. Das Restaurant wartete mit dem üblichen Schnickschnack auf, der eine romantische Stimmung erzeugen soll: Kerzenlicht, leise Musik, an den Wänden schwülstige Bilder von mehr oder weniger bedeckten Frauenkörpern.

»Ich kann nicht viel essen«, murmelte ich. »Ich war heute schon beim Italiener.«

»Nehmen Sie einen Salat. Ich kann den mit den Gambas empfehlen«, schlug er vor. »Champagner?«

»In Ordnung.«

Er orderte die Sachen. Ich betrachtete ihn. Er war kein schöner Mann, überhaupt nicht elegant, sondern vital, nicht gut, sondern zweckmäßig gekleidet, er roch nach Mann und nicht nach Duftwasser. Seine Hände waren groß und breit, voller Schwielen, frischer und vernarbter Risse. Sein weißes Hemd hatte nicht nur Flecken unter den Achseln, sondern auch am Kragen. Es sah aus wie Blut, als habe er sich beim Rasieren geschnitten. Das Prächtigste an seinem Gesicht waren die Zähne – ebenmäßig und ganz weiß. Oder vielleicht waren es doch die Augen – grünblau und tief wie Gletscherseen.

»*A votre santé!*«, prostete er mir zu.

Ich trank zu hastig und musste husten. Der Champagner spritzte quer über den Tisch.

»Tut mir Leid«, keuchte ich, mühsam um Fassung ringend.

»Kein Problem«, meinte Sterner besorgt. »Kann ich etwas tun?«

Ich schüttelte den Kopf und hustete noch einmal kräftig. Zum Glück half es.

»Das ist wieder typisch für mich«, versuchte ich zu erklären. »Wenn ich mit einem netten Mann zusammen bin, habe ich entweder Herpes, meine Tage oder ich spucke über den Tisch.«

Er lachte schallend und laut. Warf dabei den Kopf zurück. Ich sah den muskulösen Hals und die kräftigen Schultern und ich fühlte mich wohl, wohler als während des gesamten verdammten Urlaubs.

Er erzählte von seiner Arbeit, am liebsten formte er Figuren aus Stein, Frauenkörper aus Granit oder Marmor, aber auch Abstraktes, archaische Formen, naturverbunden und einfach.

Ich hörte nicht richtig hin, überließ mich dem Sog seiner Stimme, trank ein bisschen und aß ein wenig, stellte keine einzige Frage zu Kolatschkes Tod, alles war so weit weg. Nah war der, der mir gegenüber saß.

Das gibt es nicht, dachte ich und wusste, dass es das doch gibt, und zwar genau so – wie hier und jetzt.

Wir blieben lange, kümmerten uns nicht um die immer mürrischer werdenden Kellner, die endlich Feierabend machen wollten.

Aber irgendwann standen wir dann doch auf der Straße. Der Champagner hatte meine Seele beschwingt und nicht betäubt. Was würde jetzt geschehen?

»Es war ein wunderschöner Abend«, begann ich den Rückzug. »Vielen Dank dafür.«

»Ist der Abend denn schon zu Ende?«, fragte er zum Glück.

»Ich weiß nicht.«

»Wir könnten in meinem Atelier noch einen Abschiedstrunk nehmen«, schlug Sterner vor.

Ich sah ihn an, wusste, wie es enden würde, hakte mich wieder bei ihm ein und ging schweigend neben ihm her. Vor einem Haus stoppte er, ein paar Stufen führten nach unten, ein Schüssel wurde ins Schloss gesteckt, eine Tür geöffnet. Er schob mich vor sich her ins Dunkel. Ein schwaches Licht funzelte. Ich blinzelte. Da standen mit Tüchern verhüllte Figuren, Werkzeuge waren verstreut, feiner weißer Staub lag überall verteilt, Skizzen und Eimer und Töpfe. Ich sah Legionen leerer Weinflaschen, Pizzaschachteln und altes Baguette.

»Es sieht hier schrecklich aus«, murmelte Joe. »Aber ich war auf Besuch nicht eingestellt.«

Er lief zu einem kleinen Kühlschrank. Sein Gang war schwer und beschwingt zugleich. Er muss Bärenkräfte haben, dachte ich, das kommt bestimmt vom Steineschleppen. Ich hatte eine Vision von muskulösen Schultern und starken Armen.

»Ich wusste doch, dass ich noch eine Flasche Wein hatte«, strahlte Joe mich an. »Sehen Sie irgendwo Gläser?«

Ich blickte mich um, wähnte sie auf einem länglichen Tisch und ging hin. Zwei Gläser, die von leichtem Staub bedeckt waren.

»Gibt's hier irgendwo Wasser?« Doch da hatte ich das Waschbecken schon entdeckt.

Ich wusch die Gläser aus, wollte zurück, stieß dabei gegen einen Tisch, etwas fiel herunter, ich bückte mich. Es war ein Foto und es zeigte eine alte Frau, die eine siamesische Katze auf dem Schoß hielt. Neben ihr wachte ein großer brauner Hund mit einer weißen Pfote, die auf dem Oberschenkel der Frau lag, gleich neben der Katze. Er sah aus wie das Monster, mit dem ich in der Provence gekämpft hatte.

»Wer ist das?«, fragte ich und hielt Joe das Foto hin.

»Keine Ahnung«, sagte er. »Ich habe das Bild hier vorgefunden. Es muss meinem Vorgänger gehört haben. Ich habe das Atelier von einem Maler übernommen. Er muss das Foto wohl vergessen haben.«

»Warum haben Sie es nicht weggeworfen?«

»Ich hab's nicht fertig gebracht. Mir gefiel die alte Frau auf dem Bild.«

»Sie sieht sehr ...« Ich suchte nach Worten. »... würdevoll und stolz aus.«

»Haben Sie die Gläser?«

Ich reichte sie ihm und er goss ein. Meine Augen saugten sich an seinem Gesicht fest.

»Ist was?«, lachte er.

Ich stellte mich auf die Zehenspitzen, zog seinen Kopf zu mir herunter und küsste ihn voller Verlangen. Der Wein floss auf den Boden.

Er hatte mich gepackt und langsam sanken wir auf die Knie. Seine Zunge erkundete jeden Winkel meines Mundes, mit seinen weißen Zähnen biss er in meine Lippen, dann küsste er meine Ohren.

Ich war noch nie mit einem Mann am ersten Abend ins Bett gegangen, doch jetzt wollte ich genau das und nichts anderes. Ich ließ mich nach hinten fallen, landete im vergossenen Wein, Joe lag schwer über mir, murmelte wirres Zeug, knöpfte meine Bluse auf und schob den BH hoch. Seine großen Hände berührten mich, er war ein wenig grob und doch kundig, wusste, wo man Frauen anfasst, hatte wohl nicht nur an marmornen Damen geübt.

Ich verabschiedete mich von meinem Verstand und war nur noch Lust. Du siehst ihn sowieso nie wieder, schoss es mir durchs Hirn, also, was soll's?

Ich begann eine geile Geschichte zu erzählen und er spielte sie virtuos nach. Machte das, wovon ich sprach. Erahnte die stilistischen Pointen, begriff die innere Dramaturgie des Geschehens, war mal Täter, mal Opfer, mal unbeteiligter Dritter. Er küsste das taube Gefühl von meiner Haut. Jenes Gefühl, das seit vielen Wochen meinen Körper umschloss wie eine erstickende Hülle.

Mein Höhepunkt war eine Flutwelle, die mich in die Tiefe riss und wieder nach oben wirbelte. Ich rang nach Luft, drohte zu ersticken.

»Ruhig, ruhig«, mahnte seine Stimme.

Sekunden später explodierte er, Zähne schlugen in meinen Hals, sein Gewicht begann mich zu erdrücken, ein leiser, rauer Laut blieb in seiner Kehle stecken, dann wimmerte er nur noch, schließlich flüsterte er: »Hab ich dir wehgetan?«

Ich lachte. »Keine Sorge. Ich bin hart im Nehmen.«

Er wälzte sich neben mich. Sein Körper war mit Schweiß bedeckt. Die Haut glänzte. Sein Atem ging schwer.

Ich griff nach meiner schwarzen Bluse. Sie hatte die Farbe gewechselt, war grau meliert vom Steinstaub auf dem Boden.

»Es war wunderbar«, murmelte ich, noch immer erhitzt, und küsste ihn. »Ich werde jetzt gehen ...«

Schnell war ich angezogen. Er lag noch immer nackt auf dem Boden, betrachtete mich.

»Du hast mir eine schöne Geschichte erzählt«, sagte Joe. »Von Liebe und Lust, von Stolz und Sucht, aber auch von Qual und Tod.«

»Ich weiß. Geschichten zu erzählen ist mein Job.«

»Wer bist du? Was willst du?«

Ich verstand die Fragen nicht, schaute ihn verständnislos an.

»Was interessiert dich am Tod von diesem Kolatschke?«

»Warum fragst du das gerade jetzt?« Ich war ernüchtert.

»Nur so«, wich er aus. »Ist nicht wichtig. Nicht mehr.«

»Ich gehe jetzt.«

Ich hatte erwartet, dass er aufstehen und mich noch mal in die Arme nehmen, irgendwas Nettes sagen, vielleicht die Frage nach einem zweiten Mal stellen würde. Doch nichts von dem geschah. Er lag still, seine Augen fixierten einen Punkt im Nirgendwo der Wand.

Ich griff nach einer Decke, die auf einem Stuhl lag, klopfte den Staub heraus und legte sie über seinen nackten Körper.

»Erkälte dich nicht.« Dann schloss ich die Tür hinter mir.

Man könnte gar nicht immer sagen, was es ist, das den Menschen einsperrt, ummauert, zu begraben scheint, aber doch spürt man irgendwelche Gitter, Schranken, Mauern.

Auge in Auge mit ...

Zu Hause duschte ich lange, dann betrachtete ich mein Gesicht im Spiegel. Ich hatte mich auf einen so genannten One-Night-Stand eingelassen mit einem Mann, den ich gerade mal ein paar Stunden gekannt hatte. Ein katholisch erzogenes Mädchen tut so etwas nicht. Es gab kein Bedauern – ganz im Gegenteil – ich spürte noch immer lustvolle Wärme in meinem vibrierenden Bauch.

Nur mit einem kurzen Hemd bekleidet, legte ich mich aufs Bett, war noch immer erhitzt; ich stand wieder auf, um eine Musik zu suchen, die mich in den Schlaf würde führen können. Ich überlegte, welche zu der Begegnung von heute Abend passte. Spontan und chaotisch musste sie sein, wild und gierig, fordernd und streng.

Ich entschied mich für die 9. Sinfonie von Antonín Dvořák. Eine Musik, die Hoffnung und Erinnerung vereint, die Vergangenheit nicht leugnet und am Ende ganz klar einen Weg in ein neues, anderes Leben weist. Und genau danach war mir – nach einem neuen Leben.

Ich genoss den Abend, dachte an nichts und an alles, gab mich der Musik und der Stimmung hin. Irgendwann schlief ich ein.

Auch am nächsten Morgen fühlte ich mich noch prächtig. Ich frühstückte und machte mich für die Arbeit fertig. Ich bleibe an Kolatschke dran, nahm ich mir vor, die Politikerserie sollte jemand anders machen, vielleicht Boris Thaler, der seine Autoschieberstory nicht geregelt zu bekommen schien.

»Einen wunderschönen guten Morgen«, flötete ich, als ich das Großraumbüro betrat.

Irritiert schaute Jansen auf. Er saß am Computer und durchforstete das Nachrichtenverteilsystem auf Brauchbares.

»Du bist aber gut drauf!«, meinte er.

»Das klingt ja fast wie ein Vorwurf«, entgegnete ich und hängte mein Jackett in den Garderobenschrank. »Ich hatte einen netten Abend, eine tolle Nacht und einen schönen Morgen.«

»Ein Neuer?« Gleichzeitig mit Jansen spitzten drei andere Kollegen die Ohren.

»Ach wo«, wehrte ich ab. »Ich hab gut gegessen, schöne Musik gehört und prächtig gefrühstückt.«

»Na, Gott sei Dank«, seufzte mein Chef erleichtert. »Ich nehme an, du machst heute ein Konzept für die Serie? Ich hab mir schon einen Titel ausgedacht.«

»Ach ja?« Mein Interesse war gleich null.

»›Auge in Auge mit ...‹ Wie findest du das?«

»Geht so.«

»Ich hatte mehr Begeisterung erwartet!«, rief Jansen aus.

»Hör mal«, sagte ich und zog ihn zur Seite, »ich habe keinen Bock auf diesen Schrott. Gequälter Smalltalk mit dummen, machtgeilen Menschen. Ich bin außerdem an einer heißen Story dran. Es geht um die Toten aus der Provence. Ich hab rausgekriegt, dass Kolatschke in großem Stil Diebstähle begangen hat, um an seine Antiquitäten zu kommen. Der angebliche Selbstmord war bestimmt Mord.«

Ich wusste, dass ich gnadenlos übertrieb, denn ich hatte so gut wie nichts auf der Pfanne.

»Ach du lieber Himmel«, spottete Jansen. »Grappa hat Witterung aufgenommen. Ich dachte, aus dem Alter seist du raus. Hast du mich nicht vor deinem Frankreich-Urlaub gebeten, künftig ruhiger treten zu dürfen?«

»Ich habe mich eben getäuscht. Kann Boris Thaler sich nicht an den Politikern versuchen?«

»Der macht doch die Autoschieber-Geschichte!«

»Na und? Du hältst doch so große Stücke auf ihn. Er recherchiert die Autoschieber und talkt nebenbei mit den

Politikern. Das schafft das Großmaul bestimmt mit links.«

»Wie viel Zeit brauchst du?«

»Keine Ahnung. Vielleicht muss ich ja noch mal nach Frankreich fahren.«

»Das geht aber zu weit«, empörte sich Jansen. »Willst du deinen Urlaub auf Redaktionskosten verlängern?«

»Nun hör aber auf!« Ich war sauer. »Du weißt genau, dass ich unser Blatt nie betupfen würde. Wenn ich in die Provence fahren muss, dann nehme ich meinen Resturlaub. Lediglich Hotel und Spesen will ich haben.«

»Da kommt im Leben nichts bei raus«, maulte Jansen weiter.

»Hab ich dich bisher schon mal enttäuscht?«

Jansen sagte nichts, brummte aber etwas Unverständliches. Ich wusste, dass ich gewonnen hatte.

»Sagst du dem Schnösel, dass er die Politikerserie machen muss?«, fragte ich.

»Klar. Für so eine Drecksarbeit werde ich bezahlt.«

»Ich muss allerdings sowieso mit ihm reden. Also – wenn du willst?«

»Sag lieber nichts. Deine diplomatische Art ist ja weltberühmt. Ich werd's als superwichtig verkaufen und sagen, dass nur so ein talentierter Mann wie er so was schafft ... irgendeine Lüge wird mir schon einfallen.«

»Du bist ein Schatz.« Ich drückte ihm einen Kuss auf die Wange.

Kurze Zeit später klopfte ich an Boris Thalers Tür und trat ein. »Halli-hallo«, meinte ich neckisch.

Thaler schaute kurz in meine Richtung und grüßte knapp. Er hatte die Beine hochgelegt, als würde ihn die Last eines dreißigjährigen Reporterlebens drücken, die Stirn zeigte Sorgenfalten, in der Hand hielt er eine Autozeitung.

»Störe ich?« Ich wollte es erst mal auf die sanfte Tour versuchen.

»Nicht mehr als sonst.« Er schickte sich an, die langen Beine vom Tisch zu nehmen.

»Was macht der Pickel?«

Er drehte sich zu mir. Seine Haut war leicht gebräunt und makellos. »Sehen Sie noch was?«

»Nein. Sie haben's noch mal geschafft.«

»Was?«

»Dem Tod von der Schüppe zu springen.«

Er verzog keine Miene.

»Warum haben Sie so schlechte Laune, Herr Kollege?«, fragte ich mild.

»Ich stehe vor einem großen Problem«, antwortete er.

»Kommen Sie mit Ihrer Story nicht weiter?«

»Es geht nicht um die Autoschieberbande«, klärte er mich auf.

»Worum geht es dann?« Langsam wurde ich ungeduldig.

»Ich weiß nicht, ob ich mir im nächsten Frühjahr einen Porsche Boxster oder einen Mercedes SLK bestellen soll.«

Ich grinste. »Fährt der Mann von Welt nicht zwei Autos – immer passend zum Anzug oder zur Krawatte?«

»Sie verstehen mich einfach nicht, Frau Grappa«, klagte er.

»Tut mir Leid«, spielte ich die Zerknirschte. »Irgendwann werden Sie die Frau treffen, Sie sich in Ihre Seelenqual einfühlen kann. «

Boris Thaler seufzte, nahm die Diamantfeile vor sich auf und begann, seine Nägel zu bearbeiten. »Sagen Sie mir, warum Sie hier sind.«

Ich setzte mich. »Es geht um den Tod von Kolatschke und seiner Lebensgefährtin. Sind Sie bei Ihrer Recherche in der Sache mal auf einen Mann gestoßen, der Joe Sterner heißt? Er ist Künstler und kannte den Toten.«

»Sicher. Er hat ein Atelier in der Nähe. Aber er konnte mir nicht viel erzählen. Warum?«

»Dann haben Sie ihn wohl falsch befragt«, vermutete ich. »Mir hat er berichtet, dass er Kolatschke verdächtigt, ihn bestohlen zu haben. Und dass er seinen Antiquitätenhandel vermutlich mit gestohlener Ware betrieben hat.«

»Merkwürdig. Sind Sie sicher, dass Sie mit Sterner gesprochen haben?«

»Selbstverständlich. Ich war schließlich in seinem Atelier.«

»Das wundert mich. Mir wollte er seine Werkstatt nicht zeigen. Er sagte, er habe sie vermietet und hätte keinen Schlüssel.«

Thaler betrachtete interessiert seine Fingernägel.

»Ich werde die Sache in die Hand nehmen«, kündigte ich an und erhob mich. »Irgendwas ist da faul – ich hab ein Näschen dafür.«

»Mag sein«, meinte Thaler gelangweilt. »Wenn Sie mich fragen – ich halte die Geschichte für abgeschlossen. Mann erschießt Frau und sich selbst. Ganz alltägliche Geschichte.«

Er formte aus seiner Hand eine Pistole, richtete sie auf meinen Oberkörper, drückte ab, legte seinen Zeigefinger an den Mund und machte »puff«.

Im Arbeiten liegt doch das Geheimnis, dass es dem Menschen die zweite Jugend schenken kann.

Überraschung

Ich hatte Mühe, Sterners Atelier wieder zu finden. Gestern Nacht hatte alles anders ausgesehen oder ich hatte es anders wahr genommen, als ich mich am Arm dieses Mannes zu einem erotischen Erlebnis schleppen ließ. Für einen Moment schloss ich die Augen und hielt den Atem an, um ein Bild und ein Gefühl zu erhaschen.

Der Eingang war verschlossen. Ich klopfte an die Tür, denn eine Klingel gab es nicht. Nichts geschah. Ich strich um das Haus herum, versuchte durch die Fenster nach innen zu schauen. Ja, hier war ich richtig. Da standen die mit Tüchern verhängten Skulpturen, sogar die Stelle auf dem Fußboden, wo wir es getan hatten, konnte ich identifizieren.

Unschlüssig wartete ich, wollte schon wieder gehen, als ich plötzlich ein Geräusch hörte.

Ein Mann trat aus der Tür. Er war klein und schmächtig, trug einen Malerkittel mit Farbspuren.

»Haben Sie gegen die Tür gehauen?«, fragte er ziemlich unfreundlich.

»Exakt. Ich suche Herrn Sterner.«

»Ich bin Sterner«, behauptete er. »Was wollen Sie?«

»Ich suche Joe Sterner.«

»Ja ... und?«

Ich verstand die Frage nicht. »Joe Sterner! Verstehen Sie nicht?«

»Was soll das? Ich bin Joe Sterner!«

»Nein!«

»Doch. Und jetzt sagen Sie, wer Sie sind.«

Ich stellte mich vor, erzählte ihm von dem Mann, der sich mir als Sterner vorgestellt hatte. »Er ist etwa Mitte vierzig, ziemlich groß, kräftig, aber nicht dick, hat blonde Haare, die ziemlich durcheinander waren. Er sah irgendwie ...« Ich suchte nach Worten. »... bodenständig aus, wie ein Mann, der auf dem Land lebt.«

»Das muss Cortez gewesen sein«, vermutete Sterner. »Ich hab mein Atelier an ihn vermietet. Heute früh ist er ausgezogen.«

»Cortez?« Ich konnte es nicht fassen.

»Wollen Sie reinkommen und sich setzen?«, bot Sterner an. Er war viel freundlicher geworden.

»Wissen Sie«, begann er zu erzählen, »ich bin Maler. Ich fertige Porträts an. Manchmal auf Bestellung – für Geburtstage, Jubiläen oder so.«

»Welchen Stil malen Sie?« Es interessierte mich nicht, mit was er seine Leinwände vollklatschte – aber ich wollte höflich sein. Meine Gedanken schlugen Purzelbäume in meinem Hirn, eine Mischung aus Enttäuschung, Scham und Wut begann sich in meinem Inneren zusammenzuballen.

»Ich male den Stil, den der Kunde sich wünscht. Kommen Sie – ich zeige Ihnen mal ein paar Sachen von mir.«

Ich folgte ihm. Der Raum sah aus wie ich ihn in Erinnerung hatte. Dieser Cortez hatte allerdings aufgeräumt. Die Skizzen waren verschwunden, die Gläser, die wir benutzt hatten, gereinigt und die Decke, mit der ich ihn zugedeckt hatte, war nicht mehr da.

»Schauen Sie!«

Sterner hielt mir ein quadratisches Ölbild entgegen. Es zeigte einen Mann mit einem immensen Doppelkinn, der selbstgefällig aus dem Bild guckte.

»Sehr imposant«, log ich. »Wer ist das?«

»Der Vorstandschef einer Eisenhütte im Sauerland«, plapperte Sterner. »Seine Belegschaft hat es bei mir bestellt, im Stil von Rembrandt. Ich hab's nach einem Foto gemalt, denn es sollte eine Überraschung sein.«

Sterner stellte den Ölschinken wieder ab, kicherte plötzlich. »Hat denen aber nichts genutzt ...«

»Wie meinen Sie das?«

»Die Firma ist inzwischen bankrott. Alle Leute arbeitslos. Und der Chef ist ihnen noch drei Monatsgehälter schuldig. Deshalb bin ich auch auf dem Bild sitzen geblieben.«

Da fiel mir das Foto von der alten Frau mit der Katze auf dem Schoß und dem großen braunen Hund mit der weißen Pfote wieder ein. Ich fragte Sterner, ob ihm die Frau bekannt sei, doch er erinnerte sich an kein Foto.

»Ich würde Sie gern mal malen«, behauptete er. »Etwa im Stil der jungen Wilden oder ... im Stil von van Gogh. Ja, das würde gut zu Ihnen passen.«

Ich dachte an die wilden Pinselstriche des genialen Malers, der seine Spuren im südlichen Frankreich, ausgerechnet in der Provence, hinterlassen hatte.

»Würden Sie mir mal Modell stehen?«, unterbrach Sterner meine Gedanken. »Ich würde Sie furchtbar gern malen.«

»Keine Zeit«, sagte ich. »Ich plane gerade eine Reise.«

»Ihr rotes Haar und der weiße Teint.« Der Mann geriet ins Schwärmen. »Die Linie Ihres Halses und die makellose Haut Ihrer Schultern...«

Ich hatte genug von der Sülzerei. Sterner begann zu nerven. »Wo lebt dieser Cortez?«, versuchte ich abzulenken.

»Normalerweise in Frankreich – glaube ich. Südfrankreich. Provence.«

Immer wieder Provence, dachte ich, das kann kein Zufall sein. »Cortez ist aber ein spanischer Name.«

»Seine Familie stammt aus Argentinien. Das hat er mir mal erzählt.«

»Kennen Sie die genaue Adresse?«

Sterner verneinte. »Die Miete hat er bar bezahlt. Ich hab nicht weiter danach gefragt – die Steuer – Sie verstehen?«

Ich verstand. Müde und frustriert ging ich zur Tür. »Wissen Sie wenigstens seinen Vornamen?«, fiel mir noch ein.

»Nein ... oder vielleicht doch. Ich hab ihn mal telefonieren gehört. Er hat ein Handy. Er heißt mit Vornamen ... Antonio.«

Antonio Cortez also.

»Was ist mit einem Termin für ein Porträt?«, rief mir Sterner nach. »Es kostet Sie keinen Pfennig ...«

Die Kunst verlangt hartnäckiges Arbeiten,
ein Arbeiten allem zum Trotz, und eine
fortwährende, stete Beobachtung.

Nicht nur Kaviar

Auf dem Weg zur Redaktion dachte ich nach. Was wusste ich nun über Antonio Cortez? Er war Künstler, vermutlich Bildhauer, sein Körperbau und seine Hände sahen nach schwerer Arbeit aus. Er war kultiviert und ziemlich belesen, sprach perfekt deutsch, vermutlich spanisch und sicher französisch. Er stammte aus Argentinien, lebte aber in der Provence.

Ich bog auf den Parkplatz des Verlagshauses ein. Als ich aussteigen wollte, bemerkte ich Boris Thaler. Er stand vor seinem silbernen Roadster BMW Z 3, den Autoschlüssel schon in der Hand, und schien auf mich zu warten.

»Herzlichen Dank, Frau Grappa«, zischte mich der Schnösel an, »das habe ich wohl Ihnen zu verdanken.«

»Was denn?« Ich setzte eine unschuldige Miene auf.

»Das wissen Sie genau!« Sein hübsches Gesicht war nicht mehr so hübsch.

»Sie sprechen in Rätseln«, meinte ich grob. »Sagen Sie, was Sie wollen, und dann setzen Sie sich in Ihren Machoschlitten und machen sich vom Acker.«

»Die Politikerserie!« Seine Nasenflügel bebten. »Meine Autoschieber sind von Jansen vorläufig auf Eis gelegt worden. Soviel ich weiß, sollten Sie die Serie schreiben und nicht ich ...«

»Man kann im Leben nicht immer gewinnen«, grinste ich schadenfroh. »Ich habe im Moment wichtigere Dinge zu tun und ...«

»Ich auch«, blaffte er. »Deshalb habe ich gekündigt.«

Ich hörte wohl nicht recht. »Was haben Sie?«

»Gekündigt«, wiederholte Thaler. »Meine Recherchen über die Autoschieberbande nehme ich allerdings mit.«

»Wegen der paar Nobelkarossen geben Sie Ihre feste Stellung auf? Sie müssen nicht ganz bei Trost sein!«

»Das lassen Sie mal meine Sorge sein, Frau Kollegin.« Thaler hatte die Arroganz-Maske wieder angelegt. »Die Autoschieberei ist nur die Spitze vom Eisberg. In Wahrheit geht es um einen international agierenden Konzern, der Drogen schmuggelt, Autos verschiebt, Auftragsmorde ausführt, Geld wäscht und den Kunsthandel beherrscht.«

»Kunsthandel?« Ich wurde aufmerksam.

»So ist es. Wenn Sie einen Van-Gogh aus einem Museum haben wollen und bereit sind, ein paar Millionen hinzulegen, kriegen Sie das Bild.«

»Das hört sich gut an«, murmelte ich.

»Sie denken an Kolatschke, nicht wahr?«

»Ach wo.« Thaler wurde zu neugierig.

»Ich weiß, dass Sie an Kolatschke denken«, beharrte er. »Mir fiel der Name auch gleich ein, als ich was von Kunsthandel hörte.«

»Halten Sie sich aus meiner Story raus, dann komme ich Ihnen auch nicht ins Gehege«, riet ich ihm. »Kolatschke gehört mir. Und jetzt lassen Sie den Motor Ihres Angeberautos aufheulen und verduften Sie. Hoffentlich sehe ich Sie so bald nicht wieder.«

»Davon würde ich nicht ausgehen, Frau Grappa!«

Thaler öffnete das Dach seines Roadsters, stieg ein und startete. Musik dröhnte aus dem Radio. Ohne mich eines weiteren Blickes zu würdigen, brauste er davon.

»Das hast du mir eingebrockt«, fuhr mich Peter Jansen an, als ich die Redaktionsräume betrat.

»Was denn?«, spielte ich die Unschuldige.

»Thaler hat die Klamotten hingeworfen«, schimpfte er. »Hat einfach gekündigt! Und das heutzutage – wo jeder froh ist, dass er eine Festanstellung hat.«

»Der wird schon nicht untergehen«, beruhigte ich Jansen. »Mama und Papa werden schon dafür sorgen, dass er nicht in der Gosse endet.«

»Mag sein. Um ihn mache ich mir die allerwenigsten Sorgen.« Jansen war noch immer aufgebracht. »Wenn du das so gelassen siehst, dann sag mir doch bitte, wer die Politikerserie machen soll? Wie wär's mit dir?«

»Nicht schon wieder«, stöhnte ich. »Ich dachte, das Thema wäre vom Tisch. Ich bin an einer heißen Story dran.«

»Dasselbe habe ich heute schon mal gehört. Von Thaler.« Jansen trat wütend gegen einen mannshohen Stapel Zeitungen. »Verdammt noch mal«, brüllte er. »Hat denn in diesem Laden keiner mehr Bock, die schnöde Alltagsarbeit zu machen? Alle fühlt ihr euch zu Höherem berufen – die heißen Storys, die tollen Geschichten ... Investigativer Journalismus? Dass ich nicht lache. Reine Eitelkeiten sind das! Bei Thaler kann ich das ja noch verstehen – der ist jung und am Beginn seiner Karriere. Aber bei dir, Grappa? Von dir hätte ich mehr erwartet.«

»Und was?« Ich war fasziniert von seinem mittleren Wutausbruch. Eigentlich war Jansen ein bekennender Phlegmatiker.

»Solidarität, Kollegialität – und ein bisschen Verständnis fürs journalistische Alltagsgeschäft. Ich kann die Zeitung nicht nur mit Revolvergeschichten an den Leser bringen ... Womit, zum Teufel, soll ich jeden Tag acht Seiten zuklatschen?«

»Mach die Fotos ein bisschen größer«, riet ich ihm. »Du weißt doch: Große Bilder sind schnell geschrieben.«

»Verarschen kann ich mich selbst, Grappa! Deine Reise nach Frankreich ist auf jeden Fall gestrichen.«

Das ging zu weit. »Keineswegs! Ich habe meinen Flug nach Marseille schon gebucht«, log ich.

»Dann bestell ihn wieder ab.«

»Das werde ich nicht tun«, sagte ich und es war mir bitterernst.

»Und mit wem soll ich die Zeitung machen?«

»Du hast die beiden Volontäre, die Kulturtante, den Politschreiber, den Gerichtsberichterstatter, den Sportredakteur und den Producer. Das reicht doch wohl aus, um drei oder vier Wochen über die Runden zu kommen.«

»Du bleibst hier!«

»Dann kriegst du gleich noch eine Kündigung – nämlich die meine.«

»Seit ihr denn alle durchgeknallt?«, jammerte Jansen. »Bin ich denn nur von Künstlern umgeben?«

Das Wort ›Künstler‹ sprach er ziemlich verächtlich aus.

»Wir sind eben *echte* Journalisten«, entgegnete ich. »Das warst du früher auch mal. Erinnerst du dich? Das muss vor dem Zweiten Weltkrieg gewesen sein.«

»Jetzt kommt diese Leier wieder. Ich weiß ja, dass Leute wie Thaler und du knapp am Genie vorbeigeschrappt seid und dass sich unser Lokalblatt glücklich schätzen darf, wenn ihr überhaupt den PC anschaltet, um eure güldenen Worte an unsere Leser zu verschwenden ...«

»Ironie steht dir nicht«, behauptete ich. »Hab ich dir bisher tolle Storys angeschleppt oder nicht? Du musst einfach ein bisschen Vertrauen zu mir haben und alles wird gut.«

»Mensch, Grappa, kapier's doch endlich! Du kannst den Lesern nicht jeden Tag Kaviar vorsetzen. In Bierstadt steht man auf Pfefferpotthast und Möppkenbrot. Und das in großen Mengen.«

Jedoch ich weiß sehr wohl, die Genesung kommt von innen her – wenn man tapfer ist – durch die völlige Ergebung in Krankheit und Tod, durch Aufgabe des eigenen Willens und der Eigenliebe.

Großes Spiel

An diesem Tag buchte ich tatsächlich noch den Flug nach Marseille. Ich war wild entschlossen, in der Provence nach weiteren Spuren von Theodor Kolatschke und Isadora Neumann zu suchen – und ich wollte natürlich Antonio Cortez finden, mit dem ich noch eine Rechnung offen hatte. Mir fiel wieder ein, dass er etwas von Skizzen erzählt hatte, die Kolatschke ihm angeblich geklaut hatte. Wenn wenigstens das wahr war, müsste eine Diebstahlsanzeige bei der Kripo in Bierstadt vorliegen. Ich wählte die Nummer der Polizeipressestelle.

»Wir können noch nichts sagen«, sagte der Öffentlichkeitsmensch, bevor ich überhaupt eine Frage gestellt hatte. »Außerdem hat die Staatsanwaltschaft die Federführung – das wissen Sie doch, Frau Grappa!«

»Klar weiß ich das«, gab ich – ganz Ohr – zurück. »Wenn Sie mir wenigstens sagen würden, wann genau das Ganze passiert ist.«

»Gestern Abend, gegen null Uhr. Der Geschädigte verließ mit seinem Gewinn die Spielbank, wurde dabei vermutlich verfolgt, niedergeschlagen und getötet.«

»Wie brutal«, entsetzte ich mich. »Und das wegen der paar Mark.«

»So wenig war's nun auch wieder nicht«, kam es prompt aus dem Hörer. »Ungefähr ... na ja ... so um die 20.000 Mark. Den Rest erfahren Sie heute am frühen Abend bei der Pressekonferenz.«

Ich bedankte mich artig, atmete ein paar Mal tief durch und stürzte aus meinem Zimmer, um Jansen zu informieren. Er besprach sich gerade mit der Kulturredakteurin Frau Bollhagen-Mergelteich.

»Mord am Casino«, trompetete ich los. »Gib mir einen Knipser und ich liefere dir noch vor meiner Frankreichreise eine runde Story.«

»Wie? Was?«

»Ich hab's zufällig erfahren«, triumphierte ich. »Irgendwer wurde gestern Nacht umgenietet und um seinen Gewinn beraubt. Die Bullen sind noch draußen, um die Spuren zu sichern.«

»Ach deshalb«, lispelte Frau Bollhagen-Mergelteich mit nachdenklichem Gesicht.

»Was meinen Sie?«, fragte ich.

»Ich habe mich schon gewundert, warum bei der Spielbank so viele Polizeiwagen standen.«

»Was haben Sie am Casino gemacht?«

»Der Generalintendant hat heute Mittag das neue Programm der kommenden Theatersaison vorgestellt. Der Termin fand im *La Table* statt.«

»Und Sie haben nicht gefragt, was da los ist? Das kann doch nicht wahr sein!«

Ich konnte es nicht fassen, dass sich eine Berufskollegin im Nobelrestaurant des Casinos herumtrieb, umgeben von Polizei, ohne auch nur eine schlichte Frage nach dem

Grund des behördlichen Aufgebotes zu stellen.

»Lass gut sein, Grappa!«, warnte mich Jansen vor einem mittleren Wutausbruch. »Nimm den Fotovolontär und fahr raus. Ich plane mal hundert Zeilen ein – und zwei bis drei Fotos.«

Als wir die Spielbank erreichten, war der Zinksarg mit dem Mordopfer bereits im Leichenwagen. Dem Fotografen gelangen noch ein, zwei Schüsse, dann setzte sich der Bestattungswagen in Bewegung.

Das, was ich danach sah, ließ meine Laune gefrieren. Boris Thaler stapfte mit wichtiger Miene und wehendem Trenchcoat zwischen den Polizisten umher. Was, zum Teufel, hat diese kleine Ratte hier verloren?, dachte ich.

Ich würdigte ihn zunächst keines Blickes und lief auf Hauptkommissar Anton Brinkhoff zu. »Hallo«, begrüßte ich ihn. »Hat der Tote auch einen Namen?«

»Frau Grappa«, sagte Brinkhoff vorwurfsvoll. »Sie wissen doch nur zu gut, dass ich Ihnen nichts sagen darf. Alles, was Sie wissen müssen, sagt Ihnen der Oberstaatsanwalt bei der Pressekonferenz.«

»Wer hat den Mann entdeckt?«

»Der da. Das war heute Morgen – so gegen acht.«

Brinkhoff deutete mit dem Kinn auf Thaler, der jetzt eifrig in seinem Notizbuch rumkrakelte.

»Auch das noch!«, stöhnte ich.

Ich ließ den Hauptkommissar stehen und pirschte mich an Thaler heran.

»Na, auch schon da?«, begrüßte er mich mit maliziösem Lächeln.

Ich überhörte die in Worte verpackte Beleidigung. »Wer ist der Mann?«

»Keine Ahnung. Ich wollte eigentlich nur meinen Wagen parken. Zufällig hielt ich neben einem schwarzen Mercedes SL. Ich guckte ins Cockpit und sah die Bescherung.«

»Der Mann saß noch drin?«

»Klar. Zuerst dachte ich, er schliefe. Ich hab ans Fenster geklopft, es kam aber keine Reaktion. Dann sah ich Blut, glaubte, er sei verletzt. Schließlich hab ich die Tür geöffnet und er fiel mir entgegen. Dabei habe ich mir noch meinen Mantel versaut – schauen Sie!«

Thaler deutete mit angewiderter Miene auf einen verschmierten dunkelroten Fleck, der seinen hellen Mantel verunstaltete.

»Sie Ärmster! Sie haben mein volles Mitleid«, höhnte ich. »Schicken Sie den Hinterbliebenen des Opfers doch die Rechnung der chemischen Reinigung.«

»Danke für den Tipp«, grinste er. »Und jetzt stellen Sie Ihre Fragen.«

»Welche Fragen?«

»Ich habe nichts dagegen, Ihnen ein paar Informationen zu geben – so von Kollege zu Kollegin.«

Ich schluckte. Am liebsten hätte ich ihn vors Schienbein getreten, doch er schien einiges mehr zu wissen als ich.

»Wie heißt der Mann?«

»Dr. Eugen Stenzel.«

»Und weiter?«

»65 Jahre, pensionierter Beamter aus Bonn. Stammgast beim großen Spiel – also Roulette.«

»Woher wissen Sie das?«

»Der Tote hatte Papiere im Jackett. Nachdem er mir entgegengefallen ist, hab ich seine Brieftasche gefilzt.«

»Ganz schön clever«, erkannte ich an. »Und woher wissen Sie, dass er Beamter war?«

»Ich hab eine Maus aus der Verwaltung des Casinos gebeten, mal den Computer zu bemühen.«

»Welchen Computer?«

»Beim Roulette werden die Spieler mit ihren Personalien registriert – das ist gesetzlich vorgeschrieben. Stenzel war bei der Europäischen Union für die Vergabe von Fördermitteln zuständig – ich hab mich bereits erkundigt. Er lebt von seiner Ehefrau getrennt, hat sich aber aus dem Ausland eine neue Schnalle mitgebracht. Er wollte sein Leben endlich mal richtig genießen. Und jetzt ist der arme Tölpel tot.«

»Ist er erschossen worden?«

»Sah nicht so aus. Ich glaube, ihm wurde der Schädel eingeschlagen.«

»Und jetzt sagen Sie mir noch, was Sie überhaupt hier gemacht haben – morgens, wenn überhaupt noch keine Zocker an Bord sind.«

»Ich wollte mich mit einem Informanten hier treffen.«

»Die Autoschieberbande?«

»Ich sagte Ihnen schon mal, Frau Grappa, dass es nicht nur um Autoschiebereien geht«, korrigierte mich Thaler. »Es geht um ein international agierendes Verbrecherkonsortium.«

»Glauben Sie, dass der Mord an Dr. Stenzel mit Ihrer Recherche zusammenhängt?«

Thaler kam nicht dazu zu antworten, denn mein Handy klingelte. Ich kramte in meiner großen Tasche danach und fand es rechtzeitig, bevor der Anruf an die Mailbox weitergeleitet wurde.

»Hallo?«

»Tut mir Leid, dass ich mich einfach so davon gemacht habe«, sagte Antonio Cortez.

»Wo bist du?«, rief ich entgeistert aus.

»Das ist nicht wichtig. Ich weiß auf jeden Fall, wo du dich gerade aufhältst.«

»Ach ja?«

»Schau dir an, was Stenzel früher gemacht hat – als er noch aktiv war. Und kümmere dich auch um sein Privatleben.«

»Sonst noch Wünsche?«, blaffte ich. Verstohlen sah ich mich um, konnte Cortez aber nirgends entdecken. »Hast du was mit dem Tod von Stenzel zu tun?«, legte ich nach.

»Wir werden uns wieder begegnen«, ignorierte er meine Frage.

»Darauf kann ich verzichten«, sagte ich wütend. »So wie du hat mich noch kein Mann verarscht.«

»Ich werde es dir erklären.«

»Du kannst mich mal.« Ich beendete das Gespräch.

»Wer war das?«, fragte Boris Thaler mit unverhohlener Neugierde.

Ich antwortete nicht, sondern warf ihm nur einen bösen Blick zu.

»Ist ja gut!«, lächelte er. »Jedem seinen eigenen Beziehungsstress. Nur ein Mörder sollte es nicht gerade sein. Aber jeder hat seinen eigenen Geschmack. Ich für meinen Teil muss jetzt los. Die Maus aus der Spielbank wartet auf mich. Ich habe ihr eine Probefahrt in meinem Sportwagen in Aussicht gestellt. Und versprochen ist versprochen.«

»Ach ja? Ist ja ein genialer Trick! Haben Sie den erfunden?«

Er verstand die Ironie nicht, was ihn mit einigen Schmalspur-Machos in meinem Bekanntenkreis verband.

»So sind die Frauen nun mal«, seufzte Thaler. »Es ist immer dasselbe. Ich hab nur irgendwas von Sportwagen, Sonnenuntergang und Horizont gefaselt und schon hat sie mir alles gesagt, was ich wissen wollte. Und jetzt hab ich die Kleine am Hals.«

»Tragen Sie's mit Fassung«, riet ich. »Journalismus bedeutet halt Aufopferung und körperlichen Einsatz.«

Thaler nickte, seufzte erneut und trollte sich.

Grübelnd ging ich zu meinem Auto. Der Fotovolontär rückte an und meinte, dass er genug Bilder im Kasten habe. Ich schaute mich um. Die Polizisten waren abgezogen, sogar der Wagen des Opfers war abgeschleppt worden. Langsam füllte sich der Parkplatz wieder mit neuen Fahrzeugen, denen die nächsten Kunden entstiegen, die ein bisschen Geld aus dem Glückstempel holen wollten.

The show must go on ... Der Automatensaal für die Hausfrauen und Rentner, Roulette und Bakkarat für die pensionierten Beamten.

Ich dachte an Antonio Cortez. Der blonde Argentinier hatte mit dem Tod von Kolatschke und Neumann zu tun und er hatte vielleicht auch Dr. Eugen Stenzel auf dem Gewissen. Es wurde Zeit, dass ich mich nach Südfrankreich absetzte.

Da fiel mir die Pressekonferenz der Staatsanwaltschaft wieder ein. Die wollte ich auf jeden Fall noch mitnehmen, auch wenn ich nicht damit rechnete, noch etwas Neues zu erfahren.

Es ist nicht meine Absicht, mich zu schonen,
auf Gemütserregungen und Schwierigkeiten
viel Rücksicht zu nehmen – es ist mir ziemlich
gleichgültig, ob ich länger oder kürzer lebe ...

Tote Indianer

Ich sollte Recht behalten. Der Oberstaatsanwalt hielt sogar mit dem Namen des Toten hinter dem Berg. Er bezeichnete ihn als »Pensionär«, was ja auch nicht direkt gelogen war. Zum Glück hatte ich bessere Informationen als die meisten Kollegen – auch wenn sie nicht auf meinem Mist gewachsen waren. Auf jeden Fall wollten die Behörden die Sache herunterspielen, sie als ganz »normalen« Raubmord ohne irgendwelche Hintergründe darstellen. All das sprach dafür, dass es sich tatsächlich für mich lohnen könnte, mich um Stenzels Privatleben zu kümmern.

Es war ziemlich spät, als ich in der Redaktion eintraf. Jansen wartete auf meine hundert Zeilen. Ich gab mir keine besondere Mühe mit den Formulierungen, schilderte alles möglichst sachlich, folgte der Vermutung der Staatsanwaltschaft hinsichtlich des brutalen Raubmords. Dann suchte ich die Fotos für den Artikel aus.

»So, Grappa, das war's«, rieb sich Jansen zufrieden die Hände, als das Blatt fertig war. »Gehen wir noch einen heben?«

Ich schaute auf die Uhr. Es war fast zehn.

»Nö, lass mal«, sagte ich. »Ich will mich noch um eine andere Sache kümmern.«

»Kolatschke?«

»Sicher. Du weißt doch, dass ich's nicht lassen kann, wenn ich mich mal in eine Sache verbissen habe. Außerdem ...« Ich zögerte.

»Was – außerdem?«

»Es kann sein, dass es eine Verbindung zwischen Kolatschke und Stenzel gibt. Und zwischen dem Vorfall in der Provence und der Autoschieberbande, an der Thaler dran ist.«

»Oh, Grappa«, stöhnte Peter Jansen und zog sich den Mantel an. »Jetzt siehst du Gespenster. Oder – hast du irgendwelche Hinweise, von denen ich nichts weiß?«

»Setz dich noch mal«, bat ich. »Dann erzähl ich's dir.«

»Dann lass uns ins *Swabedoo* gehen«, schlug er vor. »Da krieg ich mein Mineralwasser, du deinen Wein und ein paar Tapas können wir uns auch noch reinziehen.«

Die Aussicht auf einen spontanen Abend in meinem Lieblingsrestaurant, das eigentlich eine Mischung aus Esstempel, Bistro und Bar war, ließ meine Laune steigen. Ich hatte noch immer Cortez im Kopf und – ich musste es zugeben – die Erinnerungen an diese eine tolle Nacht.

Im *Swabedoo* war es wie immer brechend voll, es wurde wie immer zu viel geraucht – aber die Leute, die sich hier trafen, waren nett und das Ambiente unkompliziert. Wir ergatterten einen Tisch in der Nähe des Tresens und ich orderte per Handzeichen einen Prosecco zum Einstieg, Jansen nahm ein alkoholfreies Bier.

»Also, dann schieß los«, sagte er und griff nach einem Stück Fladenbrot.

Ich gab ihm eine Kurzfassung der Ereignisse, ›vergaß‹ aber zu erwähnen, dass ich Antonio Cortez näher gekommen war, als es sich für eine sauber recherchierende Journalistin gehörte.

»Das ist ein bisschen dünn«, bewertete Jansen meinen Bericht. »Die einzige Verbindung zwischen Kolatschkes Tod und dem Mord an Stenzel ist also der Anruf eines Mannes, der sich dir unter falschem Namen vorgestellt hat?«

»Ich stehe ja erst am Anfang«, gab ich zu. »Ich muss diesen Cortez finden und ich muss mehr über Stenzel wissen. Und dann gibt es da noch das Foto.«

»Foto?«

Ich schnappte eine Peperoni und ließ sie in meinen Mund gleiten.

»Die alte Frau, die Katze und *le petit chou-chou*«, erklärte ich. »Cortez hatte das Bild in seinem Atelier, er lebt in Südfrankreich und ich hatte dort eine Begegnung mit dem braunen Hund, die du ja schon kennst.«

»Dieser komische Hund?« Jansen schaute mich an, als hätte ich sie nicht alle.

»Ich kann's dir nicht so richtig erklären – aber mein Gefühl sagt mir, dass ich die Spur in der Provence aufnehmen muss.«

»Grappa, jetzt hör mir mal gut zu.« Jansen wurde ernst und dienstlich. »Ich lasse dich nur nach Frankreich fahren, wenn du mir mehr präsentieren kannst als einen braunen Hund, mit dem du dich angelegt hast. Ist das klar?«

»Ich fliege übermorgen«, sagte ich bestimmt. »Du hast meinen Urlaubsantrag unterschrieben.«

»Keine Spesen – ich werfe das Geld unseres Verlages nicht für Hirngespinste heraus.«

»Gut. Dann arbeite ich auf Erfolgsbasis.«

»Was soll das nun wieder heißen?«

»Wenn die Story was wird, krieg ich Spesen, Flug und Mietwagen erstattet.«

»Du bist verrückt. Das wird nie was. Ich glaube, du bist nur hinter diesem Kerl her. Cortez.«

»Bestimmt nicht«, widersprach ich und fühlte, dass ich einen roten Kopf bekam. Jansen merkte zum Glück nichts, dazu war das Licht zu schummerig.

»Weißt du eigentlich, wer Cortez war?«, fragte er. »Ich meine – früher.«

»Ein spanischer Eroberer im Mittelalter.«

»So ist es. Er war der grausamste und unmenschlichste Conquistador, den Spanien hervorgebracht hat. Er hat aus reinem Spaß Indianerstämme abgeschlachtet.«

»Und? Was willst du mir damit sagen?«

»Nur, dass du vorsichtig sein sollst.«

»*Pas de problème, mon ami.*«

Leiden, ohne sich zu beklagen, ist die einzige Lektion, die man in diesem Leben lernen muss.

Hochsommer

Nach dem Mahl im *Swabedoo* kehrte ich in die Redaktion zurück. Ich hatte noch etwas Wichtiges von meinem Büro aus zu erledigen.

»Isch will mit keinem Journalisten mehr sprechen«, sagte die Frau am Telefon unter Schluchzen. Ihr Akzent war unverkennbar französisch.

»Haben Sie keine Angst«, sagte ich und versuchte, meiner Stimme einen mütterlichen Klang zu geben. »Ich weiß, was Sie durchgemacht haben. Eine schlimme Sache ... und so brutal. Ich hoffe, Herr Dr. Stenzel hat Sie entsprechend abgesichert.«

»Isch weiß nischt«, stammelte die Maus. »Isch muss den Anwalt von Eugen sehen.«

»Wie lange waren Sie schon zusammen?«

»Noch nischt lange. Isch fahren zurück *chez mes parents en France*.«

»Aus welcher Gegend in Frankreich kommen Sie?«

»Isch abe gelebt in Apt. *C'est dans le Lubéron*.«

Mir wurde heiß. Apt war vier oder fünf Kilometer von Saignon entfernt, der Stadt, in der Theodor Kolatschke seine Frau und sich selbst umgebracht hatte.

»Wie haben Sie sich kennen gelernt?«

»*Mon dieu. Je n'ai pas envie* ... Warum wollen Sie das wissen?«

»Mich interessieren die menschlichen Aspekte von Verbrechen«, sülzte ich. »Immerhin haben Sie einen schrecklichen Verlust erlitten. Also – wie war das?«

»Eugen at einige Länder dort gekauft«, schluchzte die Geliebte des Mordopfers. »*J'ai travaillé chez le notaire d'Apt.*«

Ich hatte genug gehört. Eine Frage jedoch hatte ich noch. »Warum haben Sie eben gesagt, dass Sie mit keinem Journalisten mehr sprechen wollen?«

»Da war eine Mann«, klärte sie mich auf. »Er at schrecklische Fragen gestellt. Er war sehr ... *effroyable.*«

Das war Thaler, dachte ich, er hatte die gleiche Idee gehabt wie ich. Ich verabredete mich mit Mademoiselle für den nächsten Tag und legte auf.

Nachdenklich verließ ich mein Büro. Es wurde Zeit, nach Hause zu gehen. Ich musste noch eine Waschmaschine füllen und anfangen, Koffer zu packen.

In der Provence war es jetzt Hochsommer. Die Feigen würden reif sein und der Wein hätte erste kleine Trauben gebildet. Die Scharen der Touristen würden Dörfer, Felsen, Wälder und Ebenen tot fotografieren und es sich dabei gut gehen lassen. Auf den Märkten würde mehr Honig feilgeboten, als die Provence je würde erzeugen können, die Immoblienmakler würden jede verfallene Scheune als Ferienhaus anpreisen, die Gastronomen das Letzte aus Küche und Personal herausquetschen und die Hoteliers hätten keine Sorge, dass eine ihrer Kammern leer stehen könnte.

Doch ich dachte auch an die Wärme der Sonne auf meiner Haut, an den leisen Wind in meinen Haaren, den Geruch der Garrigue und des Knoblauchs, an den Duft des Steineichenholzes auf dem Grill, an den kühlen Rosé du Lubéron und den weichen, rubinroten Château de la Canorgue auf meiner Zunge.

Jetzt haben wir hier eine glorreiche, gewaltige Hitze ohne Wind, das ist etwas für mich. Eine Sonne, ein Licht, das ich mangels besserer Bezeichnung nur gelb, blasses Schwefelgelb, blasses Zitronengold nennen kann. Ach, schön ist das Gelb!

Schwarze Mitte

Sie hieß Francine und trauerte wirklich um ihren gemeuchelten Liebsten. Ich zog die Show ›Von Frau zu Frau‹ ab und bekam, was ich wollte.

Sie zeigte mir Fotos aus vergangenen besseren Tagen: Eugen und Francine im Bistro, vor einer romanischen Kirche, im *Café de nuit* in Arles. Immer neckisch und sehr verliebt. Und sehr lebendig – besonders er. Und ich hatte ihn liegen sehen – ziemlich tot und das für immer.

Ein Foto jedoch mobilisierte meine Gehirnströme mehr als die traute Verliebtheit im Bild.

»Wer sind diese Leute?«, fragte ich Francine.

Das Foto zeigte den toten Stenzel mit offenem, geblümtem Hemd und Panamahut vor einer Flasche Wein, die auf einem Bistrotisch des *Café de nuit* in Arles stand. Rechts von ihm eine Frau und links ein Mann – alle beide bestens drauf und in Ferienlaune.

»Das sein gute Freunde von Eugen«, radebrechte Francine. »Theodor und ... *comment s'appelait-elle?* ... Isadore.«

Ich fragte lieber nicht nach, ob sie wusste, dass die beiden tot waren, sondern beschränkte mich auf die geschäftlichen Beziehungen.

Francine plapperte freimütig drauf los. Sie habe Kolatschke und seine Lebensgefährtin vor drei Jahren bei ihrem früheren Arbeitgeber, dem Notar in Apt, kennen gelernt.

»Eugen at sie mitgebracht. Sie aben einige Äuser gekauft *et quelques maisons provençales.*«

Mehr wusste Francine leider nicht. Immerhin hatte ich erfahren, dass es eine Verbindung zwischen Kolatschke und Stenzel gegeben hatte – und dass Antonio Cortez über beide bestens informiert war.

Ich verabschiedete mich, nahm den Weg zum Parkhaus, in dem mein Auto stand. Ich schlenderte durch die Straßen, an Reklameschildern und Plakatwänden vorbei.

Ich dachte an Arles und das berühmte Café, das durch den niederländischen Maler Vincent van Gogh weltberühmt geworden war. Sein Gemälde hieß *Nachts vor dem Café an der Place du Forum in Arles*. Unter einem blauen Sternenhimmel die hell erleuchtete Caféterrasse. Der Blick des Betrachters wird in eine schwarze Mitte gesogen, vor der die helle Atmosphäre des Cafés noch anheimelnder wirkt. Die hellen Sterne im nachtblauen Himmel scheinen zu rotieren, die wenigen Spaziergänger auf der grob gepflasterten Straße zu zögern, ob sie nach Hause gehen oder sich ins Café setzen sollen. Aber das Schönste an diesem Meisterwerk ist das Gelb – jene Farbe, die nur in der Provence so innig leuchten kann.

Jetzt, da ich das Meer hier gesehen habe, fühle ich ganz, wie wichtig es ist, im Süden zu bleiben und zu spüren, dass man die Farbe bis zum Alleräußersten treiben muss – es ist nicht mehr weit bis Afrika.

Salz auf den Lippen

Als ich am Flughafen in Marseille mein Gepäck abgeholt hatte und auf dem Weg nach draußen war, sah ich eine Frau mit einem Schild, auf dem mein Name stand. Ich stutzte, sie bemerkte es und steuerte auf mich zu.

»Ich habe Sie schon erwartet«, teilte sie mir mit. »Sie können Ihren Wagen sofort übernehmen.«

Ich hatte zwar noch keinen Mietwagen gebucht, aber ich wunderte mich nicht weiter. Mal sehen, was noch kommt, dachte ich.

Der Wagen entpuppte sich als Golf-Cabriolet – er war bereits bezahlt worden.

»Wer hat die Rechnung übernommen?«, fragte ich.

Die Frau blätterte in den Papieren. »Monsieur Cortez«, stellte sie fest. »Für vier Wochen – aber Sie können verlängern. Anruf genügt.«

Ich nahm die Schlüssel, ließ mir den Weg zum Parkplatz beschreiben.

Als ich hinter dem Steuer Platz genommen hatte, entdeckte ich die nächste Überraschung. Auf dem Beifahrersitz lag ein Umschlag, daneben eine kleine Sonnenblume. Ich öffnete das Couvert. Er enthielt die Kopie eines Mietvertrages über ein Ferienhaus in Saignon, die Wegbeschreibung dorthin, einen Schlüssel und eine Straßenkarte. Guter Service, Cortez, dachte ich. Er schien ein großes Interesse zu haben, dass ich mich in die Geschichte einmischte. Darüber, dass er mich nur einfach wieder sehen wollte, machte ich mir keine Illusionen.

Ich startete. Eigentlich führte mein Weg landeinwärts Richtung Aix-en-Provence – doch ich wollte das Meer sehen und beschloss, einen Umweg zu machen. Hinter Marseille nahm ich die Straße nach Cassis. Sie führte direkt durch die Calanques, ein zerklüftetes Kalkstein-Massiv, das an manchen Stellen steil ins blaue Mittelmeer abfiel. Die Hitze des Sommers, die Erosionen – hervorgerufen durch den Mistral – hatten schroffe Felsen geschaffen, die sich unnahbar gebärdeten.

Ich genoss die Wärme, das Licht, die Farben, den Geruch des Meeres und den Geschmack von Salz auf meinen Lippen. In der Bucht von Cassis trank ich einen großen Kaffee und nahm dann den Weg landeinwärts – nach Norden Richtung Aubagne.

Es war schon dunkel, als ich in Saignon ankam. Im

Dorf erkundigte ich mich nach dem Haus – es lag am Rande des Ortes und war nur über einen schmalen Weg erreichbar. Er war so eng, dass ich Schwierigkeiten hatte, den Wagen durchzulenken – immer rechts und links zu den halbhohen Natursteinmauern schauend. Ein Igel kreuzte meinen Weg und entkam dem Unfalltod, weil er sich schneller bewegte als ich mich mit meinem Gefährt.

Endlich war ich da. Aufatmend stellte ich den Motor ab und zog den Schlüssel aus dem Zündschloss. Das Haus war mit einer Laterne ausgestattet, die aber nur unzureichend leuchtete. Ich erkannte einen Tisch, der unter einem Baum stand, vier einfache Plastikstühle, einen gemauerten Grill und die zweiflügelige Eingangstür. Der Schlüssel passte, der Lichtschalter war schnell gefunden.

Ich befand mich in der Küche. Sie war einfach eingerichtet, hatte aber immerhin eine Spülmaschine und einen großen Kühlschrank.

Auf dem Tisch stand eine Flasche Rotwein – ein einfacher Côte du Lubéron, daneben ein Zettel. Ich sah große, formschöne Buchstaben, mit Füllhalter geschrieben: *Willkommen! Lass den Wein über deine Zunge gleiten und schau in den Kühlschrank. A.*

Toller Service, dachte ich, jetzt fehlt nur noch der Mann, der nachts neben mir im Bett liegt.

Ich räumte den Kühlschrank leer – schleppte alles nach draußen auf den Steintisch. Er hatte gut eingekauft: Verschiedene Käse, kalte Wachtelbrüstchen, mit netten Sachen gefüllte Oliven, Aioli, frisches Baguette, Kräuterbutter, Pastis und zum Nachtisch winzige Schokoladen-Eclairs und eine hübsche Kollektion von Petits Fours.

Ich sah mich um. Viel war bei der Dunkelheit nicht zu erkennen. Haus und Garten lagen in einer Mulde, vom Gelände führte ein leicht ansteigender Weg ins Dorf. Von dort oben musste das Anwesen gut einsehbar sein. Ich saß also sozusagen auf dem Präsentierteller. Macht nichts, dachte ich, es ist noch nicht die Mühe wert, mich umzubringen. Dafür wusste ich noch nicht genug.

Ich entkorkte den Wein. Er war weich und rund, ein wenig zu warm. Dann schaufelte ich mir den Teller voll – ich hatte viele Stunden nichts Vernünftiges mehr gegessen.

Das Wachtelfleisch war unglaublich zart, mit einem Hauch Rosmarin, dazu das feinlöcherige Weißbrot, das nirgendwo so schmeckt wie in Frankreich, und die sahnig geschlagene Knoblauchmayonnaise. Ich aß voller Lust, dachte nicht an Kalorien und Gewichtszunahme. Je mehr ich verdrückte, umso besser schmeckte der Wein. Schließlich war die Flasche leer.

Ich holte einen Rosé aus dem Kühlschrank – er würde prächtig zu dem Käse passen. Dann noch einen Pastis, den Nachtisch und ab ins Bett.

Ich stand gerade am Kühlschrank, als mein Handy klingelte. Verdammtes Ding, fluchte ich, es macht die schönste Stimmung kaputt.

»Was wollen Sie denn?«, muffelte ich, als ich Thalers Stimme erkannte.

»Wo sind Sie?«, fragte das Nachwuchstalent.

»In Urlaub«, entgegnete ich und steckte mir ein weiteres Stückchen Brot in den Mund.

»Das weiß ich«, sagte Thaler unfreundlich. »Aber wo – verdammt noch mal – befinden Sie sich?«

»Das geht Sie überhaupt nichts an«, zickte ich. »Und jetzt scheren Sie sich zum Teufel.« Ich drückte den Ausknopf.

Eigentlich hätte ich das Handy nun abschalten sollen, doch ich hoffte, dass sich Cortez bei mir melden würde. Und prompt klingelte es wieder.

»Lassen Sie mich in Ruhe«, blaffte ich Thaler an.

»Hören Sie«, er gab seiner Stimme einen beschwörenden Klang. »Ich will Ihnen doch nur helfen – wir sind an derselben Story dran und könnten prima zusammenarbeiten.«

»Das bezweifle ich.«

»Ich bin auf eine heiße Spur gestoßen«, behauptete er. »Und diese Spur habe ich bis nach Südfrankreich verfolgt.«

»Südfrankreich?«, staunte ich.

»Genau«, meinte Thaler eifrig. »Es geht um ein wertvolles Gemälde, auf das alle Jagd machen.«

»Und weiter?« Ich war ganz Ohr.

»Mehr sage ich Ihnen erst, wenn wir zusammenarbeiten.«

»Wenn Sie so viel wissen, wozu brauchen Sie mich dann?«

»Weil Sie den Mann kennen, der über alle Informationen verfügt.«

»Ach ja?«, dehnte ich. »Und wer sollte das sein?«

»Antonio Cortez. Er hat Kolatschke bis nach Bierstadt verfolgt und ... er war der Mann, der Sie an der Spielbank angerufen hat.«

»Und woher wollen Sie das wissen?«

»Sterner hat mir gesagt, dass Sie nach Cortez gefragt haben, und den Rest konnte ich mir denken.«

»Sie sind ein Schlauberger«, meinte ich. »Und wie stellen Sie sich eine Zusammenarbeit zwischen uns beiden vor?«

»Sie fliegen sofort nach Südfrankreich und dann besprechen wir alles weitere.«

»Wer von uns beiden ist denn der Boss?«

Thaler druckste. »Schon mal was von Demokratie gehört?«

»Nee. Sie etwa?«

»Na gut«, seufzte er. »Sie sind der Boss. Aber nur so lange, wie Sie keinen Fehler machen.«

»Fehler? Was ist das?«

Thaler lachte. »Okay. Sie sollten jetzt einen Flug buchen. Am besten nach Marseille, dann nehmen Sie sich einen Mietwagen und fahren nach Arles. Ich wohne hier im Hotel *Nord Pinus*, direkt am *Place du Forum*.«

Das war gegenüber dem Café, das van Gogh bei Nacht gemalt hat, fiel mir ein.

»Also? Wann können Sie hier sein?«

»Kommen Sie zu mir«, schlug ich vor. »Ich wohne in Saignon – im Lubéron. Unsere Spur beginnt in diesem

Ort, auf einem Felsen, auf dem ein großer brauner Hund wohnt.«

»Was? Sie sind bereits hier?«

»So ist es. Also – starten Sie morgen früh. Ich wohne in einem Ferienhaus. Haben Sie ein Auto?«

»Glauben Sie, dass ich meinen Roadster einsam und ohne Betreuung in der Heimat zurück lasse?«

»Oh, *pardon*. Wie konnte ich nur darauf kommen, dass Sie so roh zu Ihrem Schatz sein könnten?«

Ich beschrieb ihm den Weg, erfreute mich an den süßen Leckereien, nahm einen weiteren mittelgroßen Pastis mit Eis und warf zwei Aspirin ein. Dann verriegelte ich das Haus, ging ins Bad, bezog mein Bett und fiel hinein.

Es ist erstaunlich, wie gut es mir körperlich geht, aber deshalb darf man noch nicht glauben, dass es geistig ebenso wäre.

Der Duft des Lavendels

Mein Schlaf war tief und ohne Störungen. Ich träumte von einem Maler, der van Gogh ähnelte, dessen Gesicht sich aber im Verlauf des Traumes in das von Cortez verwandelte. Van Gogh erschien mir halb verrückt, Cortez dagegen sehr vernünftig und durchsetzungswillig. Und ein großer brauner Hund tobte vergnügt durchs Gelände und wollte mich in die Waden beißen. Ich nannte ihn wieder *mon petit chou-chou* und er kniff mir ein Auge zu.

Heiterer Laune duschte ich, lief mit nassen Haaren und nur mit einem Badetuch bekleidet nach unten in die Küche. Als ich die Flügeltür zum Garten öffnete, blendete mich ein gleißendes Licht.

Das muss die Sonne sein, schloss ich messerscharf und

trat ins Freie. Endlich konnte ich erkennen, wo ich gelandet war.

Vor mir der Steintisch, an dem ich gestern Abend so göttlich gespeist hatte. Erst jetzt sah ich, dass er unter einem alten Maulbeerbaum stand, dessen tieflila Früchte abgefallen waren und ihre Spuren auf Tisch und Terrasse hinterlassen hatten. Die Farbtupfer waren karminrot und wirkten wie mit virtuosen Pinselstrichen aufgetragen, an manchen Stellen waren sie – durch Sonne und Wind ausgebleicht – nur noch schwach zu erkennen, andere sahen aus wie von van Gogh aufgetragen – schwer, pastos und mit heftigem Strich.

Einige Meter von der Terrasse entfernt schimmerte ein voll erblühtes Lavendelfeld. Der Wind wehte einen Hauch des Duftes zu mir. Ich knipste eine Blütenrispe ab, zerrieb sie zwischen den Fingern und sog den unvergleichlichen Duft ein. Ich stieg mitten in das Feld, die rauen Blüten reichten fast bis an meine Knie, ihre Rauheit kitzelte meine nackten Beine.

Und dann dieser Blick aufs Dorf! Der Fels erhob sich mächtig über den Häusern, der Himmel war tiefblau, davor die rotbraunen Steine und die ziegelroten Dächer der natursteinernen Bauten. Schon bei meinem ersten Besuch hatte ich mich immer wieder an diesem Blick ergötzt – der Zauber war noch da.

Ich schlenderte weiter durch den Garten. Ein in den Boden gemauertes Wasserreservoir war halb gefüllt mit einer abgestandenen Brühe, auf der Algen schwammen. Er war eingezäunt von mannshohem Kirschlorbeer. Vermutlich diente die Wasserstelle der Pflege des Lavendelfeldes bei Trockenheit.

Der Rest des Terrains war ziemlich verwahrlost. Die Natursteinmauer, die das Anwesen notdürftig umschloss, wies große Lücken auf, war zum Teil verfallen, in den Ritzen wuchsen Thymian und Mauerpfeffer, aber auch winzige Schwertlilien, die bereits abgeblüht waren.

Auch Bauschutt war hier achtlos hingeworfen worden. Ich ging zu einem großen Stein, der in Schieflage an einem kleinen Hang lehnte. Es war ein alter Grabstein aus dem hier üblichen Kalkstein. *Ici repose* – war zu lesen – und ein Frauenname: *Mme Arlette Ginoux*. Ich rechnete nach: Sie war 1890 gestorben und 49 Jahre alt geworden.

Sie könnte van Gogh gekannt haben, schoss es mir durch den Kopf. Wie mochte diese Frau gelebt haben? Der Grabstein war einfach, ohne Verzierungen und schwülstige Endzeitverse. Ich stellte mir vor, dass sie eine Bäuerin gewesen war, die auf dem Feld oder im Obstgarten hart gearbeitet hatte. Dann könnte van Gogh sie tatsächlich gemalt haben, denn er hatte wenig Geld für Modelle, er malte die einfachen Leute – Bauern, Handwerker, Kneipiers, Tagelöhner – bei der Arbeit, in Kneipen oder bei Ruhepausen in offener Landschaft. Die Härte und Mühe, aber auch die Würde der Arbeit hatten ihn fasziniert, aus seinen Briefen und Äußerungen ging hervor, dass er überzeugter Sozialist gewesen war und dem Ideal einer herrschaftsfreien Gesellschaft nachhing. Van Gogh fühlte sich mit den einfachen Menschen, die er malte, solidarisch.

Es wurde Zeit, dass ich mich ankleidete. Ich schlüpfte in praktische Baumwollsachen und ging wieder nach unten.

Ich hing noch meinen Gedanken nach, als ein Motor auf der Straße über mir aufheulte und mich roh in die reale Zeit zurückholte. Boris Thaler rückte an. Damit dürfte es mit der Ruhe vorbei sein, seufzte ich innerlich und sah ihm zu, wie er sich bemühte, seinen tief liegenden Roadster nicht auf die groben Steine zu setzen. Er agierte sehr sorgfältig und hochkonzentriert. Schließlich hatte er den Hof erreicht und stellte den Motor ab.

»Hallo, Frau Grappa«, begrüßte er mich und musterte die Umgebung.

»Bisschen schlicht, oder?«, meinte er mit Blick auf das Haus. »Und eine verdammt schlechte Straße für meinen Boliden.«

Ich musste kurz überlegen, bis ich begriff, dass er sein Gefährt meinte. »Hätte ich eher gewusst, dass Sie hier auflaufen, hätte ich natürlich ein Schloss gemietet«, muffelte ich ihn an. »Und 'nen roten Teppich ausgerollt, damit Ihre Schuhe nicht einstauben.«

»Macht ja nichts«, sagte Thaler gnädig. »Sie konnten sich auf mein Kommen ja nicht vorbereiten.«

»Danke für Ihr Verständnis«, entgegnete ich ironisch.

Er war nicht nach Urlaub angezogen, sondern wie üblich aus dem Ei gepellt: schwarzer Anzug, weißes Hemd, glänzende Schuhe. Das Einzige, was zu Ferien in der Sonne passte, war eine goldumrandete Designersonnenbrille.

Ich guckte an mir herunter. Barfuß, nackte Beine, kurzer schwarzer Rock und blaues Sonnentop. Alles irgendwie praktisch, nicht schön und nicht teuer.

Thaler schritt zum Kofferraum und packte einen Koffer aus. Ich glaubte, meinen Augen nicht zu trauen.

»Wollen Sie etwa länger hier bleiben?«, fragte ich verblüfft.

»Was dachten Sie denn?«

»Im Ort gibt's ein nettes Hotel«, teilte ich ihm mit. »Die freuen sich sicher über einen so unkomplizierten Gast wie Sie.«

»Geht nicht«, sagte Thaler lapidar. »Wie Sie wissen, habe ich gekündigt. Ich muss mein Geld zusammenhalten. Ich ziehe hier ein. Könnten Sie mir bitte mein Zimmer zeigen? Durst habe ich auch.«

»Darf ich Ihnen den Koffer hinauftragen?« Ich spürte, wie Wut in mir hochstieg.

»Gern«, stimmte er zu. »Derweil fahre ich meinen Wagen unter den Baum da drüben. Es schadet den Lederpolstern, wenn die Sonne so darauf brennt.«

Thaler klemmte sich wieder hinters Steuer. Blasierter Affe, dachte ich, na warte, so kannst du mit mir nicht umspringen.

Ich gab seinem Koffer einen Tritt und ging ins Haus.

Im Kühlschrank war Mineralwasser. Das Wasser lief ins Glas, ich wollte gerade trinken, als Gezeter zu mir drang. Irgendwas war da draußen los und es hatte mit Thaler zu tun. Ich lief wieder hinaus in den Garten.

»Hau ab, du schmutziges Vieh«, schrie der Schnösel und bedrohte einen großen Hund, trat gar nach ihm.

»Lassen Sie das Tier in Ruhe!«, brüllte ich ihn an. »Und hören Sie auf, hier herumzuplärren. Ich mag Tiere und wenn Sie hier wohnen wollen, dann gewöhnen Sie sich gefälligst daran.«

Ich kniete mich nieder und versuchte, den Bello anzulocken. Vergebens. Thaler hatte das arme Tier völlig verstört. Mit eingeklemmtem Schwanz rannte der Hund weg. Er war groß und braun und hatte eine weißgezackte Pfote.

»Verdammt noch mal«, schimpfte ich. »Das ist er.«

Ich lief hinter dem Braunen her, verfolgte ihn durch ein paar enge Gassen, verlor ihn aber nach kurzer Zeit. Thaler hatte die Sache vermasselt.

Atemlos kehrte ich zum Haus zurück. Thaler saß am Steintisch, die Beine hochgelegt, vor sich ein Weinglas gefüllt mit Rosé.

Ich stürzte zu ihm. »Eins wollen wir doch mal klarstellen«, giftete ich. »Ich bin der Boss und ich habe das Haus gemietet. Sie haben sich mir anzupassen. Der Hund, den Sie gerade gequält haben, war eine Spur in der Story. Und jetzt ist er weg. Und ich bin ziemlich sauer.«

»Tut mir Leid.« Es klang leicht zerknirscht.

»Außerdem ...,« fuhr ich fort, »... wenn Sie sich schon an meinem Wein vergreifen, dann hätte ich auch gern ein Glas.« Ich setzte mich.

Thaler guckte, stutzte und begriff endlich. Er stand auf, schlenderte betont langsam in die Küche, kam mit einem leeren Weinglas zurück und goss ein.

»Sehen Sie! Es geht doch.« Ich nahm einen Schluck. »Und da sage noch einer, Typen wie Sie wären nicht lernfähig.«

Ich prostete ihm zu, er lächelte gequält.

»Zum Wohl! Und jetzt erzählen Sie, was Sie rausgekriegt haben. Und danach zeige ich Ihnen Ihr Zimmer.«

Ich kann nichts daran ändern, dass meine Bilder sich nicht verkaufen. Doch es wird der Tag kommen, wo man sehen wird, dass sie mehr wert sind als die Kosten für die Farben und für mein doch recht kümmerliches Leben.

Millionenschwer

Thaler hatte sich Joe Sterner noch einmal vorgenommen. Keine schlechte Idee, wie ich fand, zumal sie auch noch von Erfolg gekrönt war. Sterner – als Maler nicht nur auf Porträts, sondern auch auf Kopien alter Meister spezialisiert – hatte Thaler etwas von einem echten Van-Gogh erzählt, der in einer privaten Sammlung in Frankreich aufgetaucht war und den noch niemand zu Gesicht bekommen hatte.

»Es interessieren sich sowohl Museen als auch Händler für dieses mysteriöse Bild«, berichtete Thaler. »Und als Sterner ein internationales Verbrechersyndikat erwähnte, das bereits seine Fühler nach dem Bild ausgestreckt hatte, wurde mir klar, dass Ihr dubioser Freund etwas damit zu tun haben muss. Dieser Cortez.«

»Wie kommen Sie darauf?«

»Er war sehr interessiert an Kolatschke und seiner Freundin. Die beiden wiederum hatten Kontakt zu Stenzel – aber das wissen Sie ja selbst. Sie haben doch mit Stenzels Freundin gesprochen, oder?« Er lächelte arrogant und genoss seinen Informationsvorsprung.

»Und Cortez soll dem Syndikat angehören?«

»Ja. Der Van-Gogh ist in der Provence aufgetaucht. Vielleicht hat Kolatschke das Gemälde gesehen oder wusste, wo es sich befindet. Cortez hatte Kontakt zu Kolatschke, bevor der sich in Saignon erschoss.«

»Das weiß ich auch. Cortez hat behauptet, von Kolatschke bestohlen worden zu sein.«

Ich nahm noch einen Schluck Wein. Alles scheint logisch zu sein, dachte ich traurig, Cortez hatte mich nur benutzt, um herauszukriegen, wie viel ich wusste. Ich beschloss, die Nacht im Atelier in meiner Erinnerung auszumerzen.

»Ist noch Wein da?«, fragte Thaler.

»Im Kühlschrank.«

»Gut.«

Thaler überlegte ein paar Sekunden, ob er sich höchstselbst erheben sollte, sah dann aber wohl ein, dass er nicht mit mir rechnen konnte, denn er schob ab.

Ich sah ihm nach. Seine Recherche war logisch angelegt. Doch gut gemeint ist noch lange nicht gut gemacht.

»Gibt es einen ernsthaften Interessenten für das Bild?«, fragte ich, als Thaler mit der Flasche in der Hand zurückgekehrt war.

»Es ist die Rede davon.«

Er versuchte, den Korken aus der Flasche zu ziehen, doch er zerbröselte. Teile von ihm gelangten in die Flüssigkeit.

»Für einen Mann entkorken Sie Weinflaschen ziemlich dilettantisch. Ihre Motorik ist ziemlich grob.«

»Nicht immer, Frau Grappa«, gab Thaler an. »Wenn ich den Schalthebel meines Roadsters fühle, dann ...«

»Ja, ja – ich weiß«, gähnte ich. »Dann ist ein Mann ganz Mann – oder so ähnlich.«

»*Exactement*!«

»Also – wer ist hinter dem Van-Gogh her?«, wiederholte ich meine Frage von eben.

»Der Mann heißt Fournier. Albert Fournier. Er soll einer der Bosse des Syndikats sein.«

»Will er es stehlen, um es wieder zu verkaufen?«

»Nein, nein«, wehrte Thaler ab. »Fournier sammelt selbst. Er will es auf jeden Fall haben – so hörte ich. Aber ...«

»Was aber?«

»Es wäre möglich, dass man uns auf eine falsche Spur setzen will ... und Ihr Freund Cortez das Ganze eingefädelt hat, weil er den Preis in die Höhe treiben will. Wer weiß, ob das Bild wirklich echt ist.«

»Ich kann mir nicht vorstellen, dass ein Künstler sich an solchen Betrügereien beteiligt«, wandte ich ein. »Cortez ist Bildhauer und liebt die Kunst.«

»Das Geld wird er auch lieben«, widersprach Thaler. »Außerdem – es gibt genügend Beispiele dafür, dass besonders Künstler beim Kunstbetrug mitmischen. Vor etwa fünf Jahren zum Beispiel, da stand eine russische Kunstexpertin vor Gericht. Sie war Fachfrau für die so genannte Leningrader Schule beim Pariser Auktionshaus Drouot. Unter ihrer Anleitung hatten rund dreißig russische Maler wie am Fließband Landschaftsgemälde im Stil des Postimpressionismus und der russischen Avantgarde produziert. Die Frau hat die Fälschungen als echt deklariert und das Auktionshaus hat die Bilder jahrelang versteigert – und dabei einen ganz schönen Schnitt gemacht.«

»Und das ist niemandem aufgefallen?«

»Ist es – aber die Kritiker wurden lächerlich und mundtot gemacht. Doch dann haben Kunsthistoriker in Veröffentlichungen das massive Auftauchen russischer Klassiker auf dem Kunstmarkt moniert. Drei Jahre lang haben sich die Maler die Finger wund gemalt – dann flog die Sache endgültig auf. Die Polizei konnte 4.000 Bilder beschlagnahmen. In Hongkong und Thailand gibt es ebenfalls Fälscherwerkstätten, die alles malen, was das kunstbeflissene Herz begehrt.«

»Sie sind wirklich gut informiert«, staunte ich. »Wie reagieren die Betrogenen eigentlich auf die Wahrheit? Da glaubt man, einen Matisse oder Vermeer im Safe zu haben – und erfährt dann, dass das Bild von einem chinesischen Kunststudenten zusammen gepinselt worden ist.«

»Viele Sammler wollen nicht wahr haben, dass sie reingelegt worden sind, und schweigen. Andere wenden sich an den Händler, bei dem sie das Gemälde gekauft haben. Wenn der seriös ist, wird der Kaufvertrag wegen eines – wie heißt es noch mal? – erheblichen Mangels aufgehoben. Ein redlicher Händler wird das Corpus Delicti aus dem Verkehr ziehen, andere warten etwa fünf bis zehn Jahre – und wenn Gras über die Sache gewachsen ist, wird die Fälschung erneut angeboten – in einem anderen Land vielleicht.«

»Und wie läuft das bei Diebstählen von Bildern berühmter Meister? Jemand, der einen Van-Gogh oder Rembrandt stehlen lässt, hängt seine Beute bestimmt nicht in die Kellerbar – damit alle Welt die Sachen wieder erkennt. Was macht es also für einen Sinn, ein weltberühmtes Bild zu klauen?«

»Es passiert trotzdem. Aus einem römischen Museum sind vor einem knappen Jahr zwei berühmte Van-Gogh-Bilder gestohlen worden, eins hieß *Der Gärtner*, das zweite ist in der ganzen Welt bekannt. Es handelt sich um ein Porträt der Madame Ginoux. Es stammt vom Anfang des Jahres 1890 – und ist wenige Monate vor van Goghs Selbstmord entstanden. Von drei fast identischen Ginoux-Porträts gilt das gestohlene als das großartigste – weil es das resignierte Lächeln der Frau am intensivsten widerspiegelt.«

»Madame Ginoux?« Der Name kam mir bekannt vor, aber ich wusste nicht woher.

»Madame und Monsieur Ginoux waren Besitzer des *Café de la Gare* in Arles. Beide waren Freunde des Malers. Einige der wenigen Freunde, die van Gogh in Arles hatte. Vincent fühlte sich besonders der Frau verbunden, weil auch sie unter Nervenkrisen litt. Sie hat ihn übrigens gepflegt, als er sich im Wahn ein Ohr abgeschnitten hat.«

»Wo ist dieses Bild jetzt wohl?«

»Wieder im Museum«, fuhr Thaler fort. »Der Raub wurde schon sieben Wochen nach dem Einbruch aufgeklärt. Die Hintermänner jedoch sind unbekannt.«

»Wie wollen Diebe solche berühmten Gemälde verkaufen? Das dürfte doch wohl unmöglich sein.«

»Es gibt Sammler, die eigens Bunker für ihre Bilder gebaut haben. Es gibt ihnen nichts, die Bilder anderen zu zeigen. Sie wollen mit sich und der Aura des Malers, den sie begehren, allein sein.«

»Wunderbar!«, schwärmte ich. »Das hat Stil und ist pure Leidenschaft. Hoffentlich habe ich auch mal so viel

Geld, um mir mein Lieblingsgemälde stehlen zu lassen – und mit ihm und seinem Schöpfer allein sein zu können.«

»Und was wäre Ihr Lieblingsbild? Ein Van-Gogh?«

»Oh nein.« Ich lehnte mich zurück. »Ich beginne van Gogh ja gerade erst zu entdecken. Das für mich schönste Gemälde ist ein paar Jahrhunderte vor seiner Zeit entstanden. Ich liebe Botticellis *La primavera*. Manchmal fliege ich nach Florenz, um es mir in den Uffizien anzuschauen. Dann sitze ich stundenlang davor und labe mich an der Geschichte, die hier erzählt wird. Jedes Detail entzückt mich – seien es die Madonnenlilien in der Frühlingswiese oder die Pausbacken des Winterwindes. Manchmal kommen mir sogar die Tränen.«

»Hätte ich gar nicht gedacht, dass Sie so sentimental sind«, sagte Thaler.

»Leider ist *La primavera* ziemlich groß«, bedauerte ich. »Es dürfte schwierig sein, das Bild unbemerkt aus den Uffizien herauszustehlen. Aber ich hätte es schon gern – nur für mich allein.«

»Fragen Sie Cortez«, riet Boris Thaler. »Bei ihm dürften Sie an der richtigen Adresse für so etwas sein.«

Es entstand auch ein großes Bild der Dorfkirche, auf dem das Gebäude violett vor einem flächigen, tiefblauen Himmel aus reinem Kolorit erscheint; die farbigen Glasfenster sind wie Flecke aus Ultramarin, das Dach ist violett und zum Teil orange. Im Vordergrund etwas blühendes Grün und rosafarbener, sonnenbeschienener Sand.

Süßes umsonst

Ich musste den Hund wieder finden. Von ihm führte der Weg zu der alten Frau, von dieser zu Cortez. Thalers

Anschuldigungen, Cortez könne mit der Kunstmafia gemeinsame Sache machen, passten mir nicht. Ich hatte eher Joe Sterner in Verdacht. Denn wenn Cortez wirklich schuldig war, dann wäre er auch ein Mörder – sonst ergab die ganze Sache überhaupt keinen Sinn.

Und Kolatschkes Tod war eindeutig. Er hatte Isadora getötet und dann sich selbst. Ich hatte in jener Nacht den Schrei der Frau gehört, dann die beiden Schüsse. Nichts deutete auf Mord hin.

Bei Stenzel lag die Sache anders. Cortez war in der Nähe gewesen – der Anruf auf meinem Handy war der Beweis. Aber warum hatte er mich aufgefordert, mich um Stenzels Vorleben zu kümmern? Ohne diesen Anruf hätte ich nie eine Verbindung zu Kolatschke vermutet.

Ich wusste zu wenig, um diese Fragen zu beantworten. Spekulationen und Gedankenspiele, so wie Boris Thaler sie betrieb, führten zu nichts. Hier war harte Recherche angesagt.

Ich zeigte Thaler sein Zimmer und teilte ihm mit, einen Spaziergang machen zu wollen. Aber allein. Um über seine supertollen Recherchen mal in Ruhe nachzudenken. Er fühlte sich geschmeichelt und versprach, den Rest des Tages relaxen zu wollen. Ob noch genug Wein vorhanden sei? Selbstverständlich.

Ich legte meinen Rucksack an und stiefelte ins Dorf. Die Hitze des frühen Nachmittags flirrte, ich bekam Urlaubsgefühle wie eine ganz normale Touristin, die nach einem verregneten Sommer in germanischen Gefilden Sonne und Wärme tankt.

Der steile Weg war mit groben Steinen gepflastert, die schon seit vielen hundert Jahren beschritten wurden. Mein Ziel war das kleine Café, das inmitten des Dorfes lag – seitlich einer romanischen Kirche aus dem 12. Jahrhundert und gegenüber dem *Lavoir*, einem steinernen Bassin, in dem die Dorffrauen zu früheren Zeiten ihre Wäsche gewaschen hatten.

Die Tische waren possierlich angeordnet, einige lagen im Schatten des Hauses, andere wurden durch Sonnenschirme geschützt. Ich setzte mich in die pralle Sonne – es wäre doch gelacht, wenn ich nicht ein bisschen Bräune mitbringen würde aus diesem Urlaub.

Ich orderte *un grand café* und eine Flasche Perrier mit Eis. Als der Patron mit den Sachen zurückkam, bat ich ihn, sich kurz zu mir zu setzen. Ich beschrieb ihm den Hund, den ich auf dem Felsen und auf dem Foto gesehen hatte. Er behauptete, ein solches Tier niemals gesehen zu haben. Auch die alte Frau wollte er nicht kennen. Mein Gefühl sagte mir, dass er log. Aber warum?

Es machte keinen Sinn, weiter in ihn zu dringen. Dörfler können sehr störrisch sein – in Frankreich genauso wie in Deutschland.

Ich reckte mich der Sonne entgegen, schloss die Augen und dachte an Cortez. Wann würde ich ihn wieder sehen?

»Ach, da sind Sie!«

Ich blinzelte und erkannte die Silhouette von Boris Thaler. Warum hatte er nicht im Haus bleiben können?

»Was liegt an?«, entgegnete ich unwirsch.

»Wir sollten einen Plan entwerfen«, meinte er.

»Das sollten wir. Aber nicht heute.«

»Und warum nicht heute?«

»Wir haben beide Wein getrunken, es ist schon Nachmittag – was also sollten wir noch unternehmen?«

»Nur reden.«

»Reden? Sie haben doch ein Handy. Wenn Sie reden wollen, dann rufen Sie irgendjemanden an.«

»Und wen?«, fragte er.

»Was weiß ich? Vielleicht Ihre Freundin.«

»Ich habe keine Freundin.«

»Wie das? Sie sehen doch ganz passabel aus.«

»Keine Zeit für so was. Aber ich gönne mir ab und zu mal eine Affäre.«

Ich musste lachen. Das Wort ›Affäre‹ hörte sich aus seinem Mund so an, als würde ein Fünfjähriger im Kindergarten über die Herstellung einer Neutronenbombe philosophieren.

»Setzen Sie sich endlich. Wir fangen morgen an.«

In dem Augenblick klingelte mein Handy. Mit klopfendem Herzen drückte ich die Taste. Er war es.

»Geht es dir gut?«, war seine Frage.

»Sicher. Es war was zum Essen im Haus und genügend Wein.«

Er lachte. »Wir sollten uns treffen.«

»Das sollten wir.« Meine Knie waren weich.

»Darf ich einen Vorschlag machen?«

»Ich höre.«

»Könntest du nach Arles fahren?«

»Sicher.« Ich schielte zu Thaler hin, der die Ohren spitzte, um etwas mitzubekommen. Ich musste meine Worte mit Bedacht wählen – weder Zeit noch Ort des Treffens verraten – zumindest bis ich nicht sicher war, ob ich dem Nachwuchstalent wirklich vertrauen konnte.

»Ich schlage ein Mittagessen vor. Im *Café de nuit* an der *Place du Forum.* Wann könntest du dort sein?«

»Mach du einen Vorschlag.«

»Gegen 12 Uhr mittags.«

»*D'accord.*«

»Maria?«

»Ja?«

»Komm allein. Ohne den jungen Mann, der neben dir sitzt.«

Cortez beendete das Gespräch. Mein Kopf schnellte hoch, meine Augen schweiften über den Dorfplatz, zu den Häusern hinauf, hinter Fenster und Gartenmauern – doch ich sah nichts. Cortez beobachtete uns und ich konnte nicht behaupten, dass mir das gefiel.

»Wann treffen Sie sich mit ihm?«, wollte Thaler wissen.

»Ich weiß nicht, was Sie meinen«, log ich.

»Cortez hat doch gerade angerufen – oder etwa nicht?«, beharrte er.

»Das war ein Freund aus Deutschland«, entgegnete ich. »Er will vielleicht vorbei kommen. Ich habe ihn aber vertröstet.«

»Ich dachte, wir arbeiten zusammen«, klagte Thaler. »Ich finde Ihr Verhalten nicht fair.«

»Lassen Sie mich in Ruhe«, blaffte ich. »Sie nerven. Wenn das so weiter geht, dann sehe ich schwarz für die nächsten Tage.«

»Wenn Sie sich wirklich mit Cortez treffen, dann sollten Sie vorsichtig sein. Der Mann ist gefährlich. Haben Sie eigentlich seine Handy-Nummer?«

»Nein.«

»Haben Sie eben nicht auf Ihr Display geschaut? Erschien da nicht seine Nummer?«

»Nein. Ich habe nichts bemerkt. Da waren keine Ziffern zu sehen.«

Thaler lachte. »Reingefallen.«

Jetzt erst merkte ich, dass er mich ausgetrickst hatte. Als ich sein verschmitztes Gesicht sah, musste ich ebenfalls lachen. »Sie haben es faustdick hinter Ihren Ohren«, grinste ich. »Ich werde Cortez morgen treffen.«

»Ich komme mit.«

»Auf gar keinen Fall. Er hat gesagt, dass ich Sie nicht mitbringen soll. Er beobachtet uns nämlich.«

»Sehen Sie! Der Mann ist nicht zu unterschätzen.«

»Ich bin auch nicht zu unterschätzen«, behauptete ich. »Ich bin sicher, dass er mir nichts tun wird. Und wenn doch – dann rächen Sie mich doch bestimmt, oder?«

»Kommt drauf an.«

»Worauf?«

»Was Sie heute Abend für mich kochen.«

»Ich? Kochen? Für Sie?«

»Für uns. Lassen Sie uns zu dem kleinen Markt da hinten gehen. Da gibt es bestimmt leckere Sachen zu kaufen.«

»Sie müssen aber mithelfen. Ich brauche jemanden für die groben Arbeiten. Und den Grill müssen Sie anwerfen.«

»Gerne«, strahlte Thaler. Die Vorfreude auf leibliche Genüsse machte ihn fast sympathisch.

Ich deutete dem Patron an, dass ich zahlen wollte.

»Wer weiß?«, murmelte ich. »Vielleicht wird's das letzte Mahl meines Lebens.«

»Haben Sie etwa doch Angst?«

»Nein. Wie könnte ich? Mit Ihnen an meiner Seite.«

»Eben.« Er hatte die Ironie in meinem letzten Satz nicht kapiert oder ganz einfach überhört.

Ich zahlte und wir trotteten zum Markt. Das Angebot war klein, aber fein.

Wir entschieden uns für junge Artischocken, Tomaten, knackigen römischen Salat, weiße Zwiebeln, frischen Knoblauch.

»Welches Fleisch?«, fragte ich. »Lamm oder was anderes?«

»Was heißen diese Vögel?« Thaler deutete auf die Auslage eines Fleischstandes.

»*Ce sont des cailles*«, antwortete die Markthändlerin. Kleine, zarte Wachteln lagen dort, mit blanken bleichen Brüsten, angelegten gerupften Flügeln, halb beflaumten Schenkeln mit gelblichen Krallen und langen mageren Hälsen mit winzigen Köpfchen. Sogar die Augen waren noch da, die kleinen Schnäbelchen aufgerissen. Ein bemitleidenswerter Anblick, wie ich fand. Doch Thaler war begeistert.

»Wissen Sie, wie man die kocht?«, fragte er mich.

»Sicher. Die werden jedoch nicht gekocht, sondern gegrillt. Es ist aber eine Schande, dass wir Menschen uns an solch kleinen Tierchen vergreifen.«

Unbeeindruckt von meinen Gewissensbissen orderte Thaler sechs Wachteln. Ich entschied, dass ich sie mit Knoblauch und Rosmarin füllen würde. Wir erstanden noch zwei honiggelbe Cavaillon-Melonen – eine Melonenart, für die die Provence berühmt war.

»Und jetzt der Nachtisch«, sagte Thaler und steuerte eine Patisserie an. Hier brachte er die Verkäuferin in schiere Verzweiflung, indem er sich jedes einzelne Törtchen ausführlich erklären ließ.

Hinter uns bildete sich eine Schlange, doch die Ureinwohner regten sich nicht auf. Ganz im Gegenteil – sie lauschten amüsiert dem Dialog zwischen Anbieterin und Kunden. Erst als ein deutsches Touristenpaar den Laden betrat, wurde es ungemütlich.

»Geht das hier endlich mal weiter?«, nörgelte der

Mann nach zehn Sekunden. Er war mit verwaschenen Bermudashorts bekleidet, auf seinem Kopf thronte ein rundlicher Debilen-Hut.

»So ist das hier«, sagte er dann betont laut zu seiner Frau. »Die haben alle Zeit der Welt. Deshalb kommen die auch zu nichts.«

Die Einheimischen verstanden zwar vermutlich nicht, was der Mann sagte, nahmen aber den gehässigen Ton wahr.

»*Toujours les boches*«, murmelte ein alter Mann. Ein Hauch von Aggression verteilte sich über die süßen Leckereien.

»Was sagt der Alte?«, dröhnte der Deutsche und nahm eine drohende Haltung an.

»Dass Sie ein verdammter Prolet sind«, antwortete Thaler grob. »Und da hat er nur allzu Recht. Warum müssen wir Deutschen uns eigentlich im Ausland immer so daneben benehmen? Verstehen Sie das, gnädige Frau?«

Der letzte Satz war an die Frau des ›Proleten‹ gerichtet. Sie bekam einen roten Kopf und zog ihren Mann aus dem Laden.

Die Provençalen applaudierten spontan und wir bekamen unsere vier Törtchen umsonst.

»Das machen wir jetzt jeden Tag«, entschied ich. »Das schont die Urlaubskasse.«

Das Abendmahl wurde eine Meisterleistung. Thaler stellte sich bei den groben Küchenarbeiten recht geschickt an, entschlossen köpfte er die Wachteln, knipste ihnen die Krallen ab, wusch sie und füllte sie nach meinen Anweisungen mit viel Knoblauch, Olivenöl, Rosmarin und schwarzem Pfeffer. Dann warf er das Feuer auf dem Grill an. Das Ergebnis war perfekt – das Fleisch der Vögelchen hatte einen prächtigen Hauch von dem Steineichenholz, das kiloweise auf dem *Plateau de Claparèdes* verteilt war und nur darauf wartete, aufgehoben und abgefackelt zu werden.

Als Vorspeise gab's die Artischocken mit einer leichten Vinaigrette, danach Salat, mit Schalotten und Knoblauch geschmorte, mit wenig Käse überbackene Tomaten, die Wachteln, einige Viertel der gekühlten Cavaillon-Melonen und die kostenlosen Törtchen. Natürlich Wein, Wasser, Brot und ein mittleres Pinnchen Calvados.

Nur mühsam schleppten wir uns auf unsere Zimmer. Ich stellte für alle Fälle meinen Wecker und nahm wieder zwei Aspirin, um am Morgen nicht allzu geschafft auszusehen – denn immerhin hatte ich morgen einen wichtigen Termin: im *Café de nuit*, jenem Etablissement, das von van Gogh als Café an der Place du Forum im Jahre 1888 gemalt worden war – vor mehr als hundert Jahren.

Jetzt im Augenblick geht mir alles schief, wie es scheint, und so ist es mir schon ziemlich lange ergangen, und so kann es auch noch längere oder kürzere Zeit weitergehen; aber es ist auch möglich, dass alles gut geht, nachdem alles schief gegangen zu sein scheint.

Nasenbrand

Ich stand früh auf, duschte, nahm nur einen Kaffee und versuchte, mein Aussehen einigermaßen erträglich zu gestalten. Ich stank nach Knoblauch, meine Augen waren leicht gerötet, Sonnenbrand prangte auf der Nase – genau das angemessene Outfit für ein romantisches Wiedersehen mit meinem letzten Lover an einem geschichtsträchtigen Ort. Jetzt fehlten nur noch Herpes, Hexenschuss oder ein vereiterter Weisheitszahn. Ich würde mal wieder auf meine inneren Werte setzen müssen.

Ich legte etwas mehr Make-up auf als sonst, doch es half nicht viel. Die sonnengestresste Nase leuchtete rosaviolett. Also wieder runter mit der Schmiere. Lieber ein bisschen Jogging, dachte ich, nichts wie rauf auf den

Felsen von Saignon. Zeit genug hatte ich, die paar Kilometer nach Arles waren ein Klacks.

Gerade hatte ich den Weg, der aufwärts führte, betreten, als mich ein Hund freudig begrüßte. Er war es, *le petit chou-chou*.

»*Ah bonjour, mon petit*«, säuselte ich. »*Tu vas me montrer ta mère*?«

Mit *mère* meinte ich nicht seine Mutter, sondern sein Frauchen, doch ich kannte das französische Wort für diese verwandtschaftliche Beziehung nicht.

Chou-chou schien mich auch so zu verstehen – er galoppierte zügig vor mir her, ich hatte Mühe ihm zu folgen. Kurz vor dem Felsen – dort, wo keine Häuser mehr standen – verlor ich seine Spur. Verdammt, dachte ich, er muss in ein Haus gelaufen sein.

Ich rief und lockte, doch nichts geschah. Der Fifi war wie vom Erdboden verschwunden. Irgendwann krieg ich dich, schwor ich.

In gemäßigtem Tempo kehrte ich zum Haus zurück. Ich fühlte mich ein wenig besser. Jetzt noch eine Tasse Kaffee und ein Stück Baguette und ab nach Arles. Ich wollte mir vor dem Treffen noch ein paar Sehenswürdigkeiten anschauen.

Am Steintisch saß Thaler. Er sah auch nicht besser aus als ich, hatte seine Augen hinter einer Sonnenbrille versteckt und trug eine mürrische Miene zur Schau.

»*Bonjour*«, grüßte ich. »Ich trink noch einen Kaffee und dann muss ich los.«

»Mein Kopf!«, jammerte Thaler. »Haben Sie eine Tablette?«

»Ja.«

»Aspirin?«

»Nein. Zyankali.«

»Sehr witzig«, stöhnte er und legte die Hände auf die Stirn. »Haben Sie denn gar kein Herz?«

»Heute nicht. Ich bin dann weg. Bringen Sie die Küche in Ordnung?«

Überall stand Geschirr mit Essenresten herum, die

Aioli hatte eine dunkelgelbe Haut bekommen, auf dem Boden lagen Knoblauch- und Zwiebelschalen.

»Was meinen Sie?«, fragte er fassungslos.

»Aufräumen, spülen und einmal durchfegen.«

»Ich?«

»Ich?«, äffte ich ihn nach. »Wer denn sonst? Sehen Sie hier sonst noch jemanden?«

»Können wir das nicht zusammen machen?«

»Können wir nicht«, blaffte ich. »Wer hat gekocht und das Essen bezahlt?«

Er schluckte. »Geht klar.«

»Braver Junge.«

Na also, dachte ich, eine lockere Mischung aus Druck und Lob kommt bei ihm offenbar gut an.

»Haben Sie eigentlich einen Mann?«, fragte Thaler.

»Zurzeit nicht«, antwortete ich und dachte an Cortez. Nein, er gehörte nicht zu mir. Vielleicht war er so was wie ein Freund, vielleicht aber auch ein Feind.

»Haben Sie was gegen Männer?«

»Überhaupt nicht«, strahlte ich.

»Glaube ich nicht«, meinte Thaler. »So was wie Sie nennt man doch gemeinhin eine *Emanze.*« Er sprach das Wort aus, als habe er eine giftige Kröte im Mund.

»Ich liebe und verehre das männliche Geschlecht. Ich setze mich außerdem immer dafür ein, dass die natürlichen Gaben von Männern gefördert werden.«

»Und die wären?«, lieferte er mir die Steilvorlage.

»Kaffee kochen, Weinkisten schleppen, grobe Küchenarbeiten und einfache Handwerkstätigkeiten im Haus – natürlich nur solche Arbeiten, die sie in ihrer schlichten Motorik nicht überfordern.«

Statt zu kontern, hielt sich Thaler wieder den Schädel. Es hatte ihn schlimm erwischt.

»Im Bad liegen Aspirintabletten«, sagte ich in einem Anflug von Mitleid. »Lösen Sie zwei in Wasser auf und legen Sie sich wieder ins Bett.«

Zehn Minuten später hatte ich meine Sachen zusammengekramt. Für alle Fälle griff ich nach der Straßenkarte.

»Der Weg nach Arles ist ganz einfach zu finden«, sagte Thaler.

»Woher wissen Sie, dass ich nach Arles will?«

»Wusste ich gar nicht. Aber jetzt weiß ich's. Viel Spaß – und passen Sie auf sich auf. Wen soll ich benachrichtigen, wenn Sie abgängig sind?«

»Das *Bierstädter Tageblatt.*«

»Das ist alles?«

»Ja. Und sagen Sie Peter Jansen, dass er meine Katze nehmen soll. Oder wollen Sie sie adoptieren?«

»Um Gottes willen.« Das Entsetzen stand Thaler ins Gesicht geschrieben. »Ich hasse alle Tiere, die man nicht essen kann.«

Mein Haus hier ist außen buttergelb gestrichen und hat hartgrüne Fensterläden, es liegt mitten in der Sonne an einem Platz, an dem auch ein grüner Park ist mit Platanen, Oleandern und Akazien. Und innen ist alles weiß getüncht, und der Fußboden sind rote Fliesen. Und darüber der leuchtendblaue Himmel. Da drin kann ich wirklich leben und atmen und nachdenken und malen.

Gelb, gelb, gelb ...

Die Straßen in der Provence waren zurzeit ziemlich befahren, doch gut ausgebaut. Ich kam zügig voran. Von Apt aus nahm ich die Straße nach Coustellet, fuhr durch den Melonenort Cavaillon, ließ das römische Glanum links liegen und kam kurz nach elf Uhr in Arles an. Ich fand einen Parkplatz in der Nähe der alten Stadtmauer.

Touristenströme pilgerten zum antiken Theater, Reiseführer, Fotokameras und Postkarten mit sich herumschleppend. Als eine junge Frau in Arlesianerinnen-

Tracht des Weges kam, wurde sie hektisch fotografiert. Sie ließ es über sich ergehen und verteilte anschließend Werbezettel für ein Restaurant.

Ich hatte nicht genug Zeit für eine Stadtbesichtigung. Ich fragte nach der Place du Forum und erfuhr, dass das *Café de nuit* ganz in der Nähe sein musste. Zwischendurch schaute ich mich verstohlen um, konnte aber niemanden entdecken, der mich beobachtete oder mir folgte. Alles sah da noch nach einem völlig normalen Morgen aus.

Ich bummelte ein wenig herum, erstand einige Postkarten mit Van-Gogh-Bildern und kaufte ein Buch, das vom Leben des Malers handelte. Ich setzte mich an den Rand eines Brunnens und las darin. Hier – in der Provence – hatte van Gogh die Farben explodieren lassen. Er bewohnte ein Haus in Arles, das als *Das gelbe Haus* in die Kunstgeschichte einging. Es hatte an der Place Lamartine gelegen und war im Krieg zerstört worden. Dieses Haus war schicksalhaft für den Maler, denn hier begann und endete seine Gemeinschaft mit dem Maler Paul Gauguin, den er tief verehrte – später bespitzelte und sogar mit dem Rasiermesser angriff. Jenem Messer, mit dem sich van Gogh anschließend das rechte Ohr abschnitt.

Die Menschen in Arles hatten den rotblonden Holländer nie gemocht. Er war wortkarg und introvertiert, ein Exzentriker mit einem unaussprechlichen Namen, der niemals Geld hatte, sich betrank, in Bordelle ging und Leute provozierte. Ein Außenseiter, der wenig Freunde hatte, der immer misstrauisch beäugt wurde. Eine Petition der Bürger von Arles sorgte 1889 sogar dafür, dass van Gogh in die Irrenanstalt in Saint-Rémy übersiedelte.

Camille Pissarro, ein berühmter Impressionist, schrieb über van Gogh, nachdem er dessen Bilder gesehen hatte: *Dieser Mensch wird entweder verrückt, oder er lässt alle weit hinter sich.*

Er hat alle und alles hinter sich gelassen, dachte ich. Sein Leben war ein einziger Misserfolg und heute wurden mit seinen Bildern Millionen verdient. Er selbst hatte noch nicht mal genug Geld für Farbe gehabt, musste sich das Nötigste zusammenbetteln, war sein ganzes Leben lang abhängig von den Zuwendungen seines Bruders Theo.

Vincent van Gogh war arm, genial und wahnsinnig gewesen, das erhöhte den Mythos des Malers und trieb die Preise für seine Bilder – schon kurz nach seinem Tod – in astronomische Höhen.

Sein Malen war Kampf. Er malte wie im Rausch, manchmal schmierte er die Farben mit bloßen Fingern auf die Leinwand.

Der Maler der Zukunft, so schrieb er, *ich kann mir nicht vorstellen, dass er sich in kleinen Kneipen herumtreibt, mehrere falsche Zähne im Mund hat und in Zuavenbordelle geht wie ich.*

Ein Café am Abend, von außen gesehen. Auf der Terrasse sitzen kleine Figuren beim Trinken. Eine riesige, gelbe Laterne beleuchtet die Terrasse, die Vorderseite des Hauses, den Gehsteig und wirft ihr Licht sogar aufs Straßenpflaster, das eine rosaviolette Tönung annimmt. Die Häuserfassaden der Straße, die sich unter dem blauen Sternenhimmel hinziehen, sind dunkelblau oder violett, davor ein grüner Baum. Da hast du ein Nachtbild ohne Schwarz, nur mit schönem Blau und mit Violett und Grün, und in dieser Umgebung wird der beleuchtete Platz zu blassem Schwefelgelb und Zitronengrün.

Ohne Schwarz

Mühsam hatten die neuen Besitzer des *Café de nuit* versucht, das Ambiente von damals wieder aufleben zu lassen. Die Markise über den Tischen des Cafés war in jenem Safrangelb gehalten, das Vincents Bild so bewundernswert machte – nur, dass es bei ihm das Licht der Lampen in der Nacht war, die das Gelb leuchten ließen, und nicht eine mit chemischen Farben getünchte Plastikfolie.

Ich setzte mich an einen der Tische. Es war kurz vor zwölf. Die Stimmung, die ich mir erhofft hatte, wollte sich nicht einstellen. Im Entrée des Etablissements grölte Werbung aus dem Fernseher, ein überlasteter Kellner stolperte über die Leine, mit der ein Touristenpaar seinen Yorkshire-Terrier diszipliniert hatte, ein paar Mopeds ratterten über den Platz. Sie machten Geräusche wie wütende Wespen.

Dann sah ich ihn. Er kam von links aus einer Gasse, schritt auf mich zu, ohne mich zunächst zu sehen, erkannte mich, lächelte, hob die Hand zum Gruß. Eine perfekte Inszenierung in einem Liebesfilm der dreißiger Jahre. Held und Heldin treffen sich wieder. Eigentlich hätte ich jetzt aufstehen und ihm leichtfüßig entgegenfliegen müssen – in Slow-motion natürlich – und alle hätten ihren Spaß gehabt. Doch es war mein Schicksal, in romantischen Situationen gnadenlos zu versagen – ich blieb sitzen und wartete.

So könnte Vincent ausgesehen haben, schoss es mir durch den Kopf, wenn es ihm seine Mitmenschen nicht so schwer gemacht hätten und er seine fünf Sinne beisammen gehalten hätte. Groß, kräftig, vital, die Haut hell und ein wenig verwittert, der Gang eher bäuerlich als elegant, der Blick offen, ohne Hinterhalt und Berechnung.

Sollte ich mir noch mal die Nase pudern? Oder die Haare zurechtzupfen? Zu spät.

»Schön, dich endlich zu sehen«, sagte Cortez.

Er beugte sich zu mir herunter, gab mir einen brüderlichen Kuss auf die Wange und setzte sich.

Ich guckte ihn an und mir fehlten die Worte. Er lächelte und ich war völlig entwaffnet.

»Die leichte Bräune steht dir gut«, sagte er, nahm meine Hand und hauchte einen Kuss drauf. »Ist es nicht viel schöner, sich hier wieder zu sehen, als in diesem schrecklich öden Bierstadt?«

»Das ist es«, krächzte ich. Ich hatte meine Stimme noch nicht wieder im Griff.

»Was ist mit dir?«, fragte Cortez.

»Gar nichts«, behauptete ich.

»Freust du dich nicht, mich wieder zu sehen?«

»Es kommt darauf an, was du von mir willst«, versuchte ich cool zu bleiben. »Hast du dieses Café bewusst für unser Wiedersehen ausgesucht?«

»Natürlich. Es spielt im Werk von Vincent van Gogh schließlich eine große Rolle«, sagte Cortez. »Und um van Gogh geht es doch in dieser Geschichte, oder?«

Er wollte prüfen, wie viel ich wusste. Ich blickte auf die Häuserfassade direkt gegenüber, die der unglückliche holländische Maler vor über hundert Jahren abgebildet hatte: Im Hell der Sonne waren die Gesichter der Häuser grau und verfallen, stumpf und dumpf.

»Lass uns doch endlich zur Sache kommen.« Ich gab meiner Stimme einen geschäftsmäßigen Ton. »Ich habe gehört, dass ein unbekanntes Gemälde von Vincent van Gogh aufgetaucht sein soll, hinter dem alle Welt her ist. Stimmt das?«

»Ja. Erinnerst du dich, dass ich dir in Bierstadt erzählt habe, dass mir Skizzen gestohlen worden sind?«

»Sicher«, antwortete ich und winkte den Kellner heran. Meine Zunge klebte am Gaumen, ich brauchte dringend ein Glas kühlen Wein.

Ich orderte das Getränk, Cortez wählte ebenfalls ein Glas Rosé.

»Diese Skizzen dienten van Gogh als Grundlage für das unbekannte Gemälde, das jetzt aufgetaucht ist. Es zeigt einen Bauern, der sein Melonenfeld bestellt. Vincent hat dieses Bild ein Jahr vor seinem Tod gemalt. In der Irrenanstalt von St. Rémy.«

»Die Van-Gogh-Forschung ist ziemlich weit gediehen«, wandte ich ein. »Warum hat noch nie jemand von diesem Gemälde gehört?«

»Es war in Privatbesitz«, erklärte Cortez. »Immerhin soll Vincent in den letzten zehn Wochen seines Lebens über siebzig Bilder gemalt haben. Vielleicht ist dieses Bild die Nummer einundsiebzig.«

»Wo ist dieses Bild? Hast du es gesehen?«

»Ich habe es gesehen und ich weiß, wo es sich befindet.«

Der Kellner brachte das Bestellte. Ich prostete Cortez zu. Er stieß sein Glas an meines.

»Zum Wohl«, sagte er. »Eine merkwürdige Sitte ist das Anstoßen. Ihr Deutschen seid ein komisches Volk.«

»Du wirkst auch nicht gerade wie ein Argentinier.«

»Und wie stellst du dir einen Argentinier vor?«

»Klein, dunkelhaarig, mit Pomade im Haar und ständig Tango tanzend.«

Cortez lachte. Er warf den Kopf zurück und zeigte die weiß-schimmernden Zähne.

Ich lachte ebenfalls. Ein plötzliches Gefühl von Heiterkeit, Leichtigkeit und Vertrautheit stieg in mir auf. Doch ich wollte das nicht. Nicht mehr.

»Wer besitzt das Bild?«, kam ich wieder zur Sache.

»Jemand, den ich beschützen muss«, sagte Cortez.

»Beschützen? Vor wem?«

»Vor Geschäftemachern, Kriminellen, Geldgierigen und Journalisten. Die einen wittern das große Geld, Leute wie du und dieser Thaler eine Sensationsstory. Beides muss bekämpft werden. Oder in die richtigen Bahnen gelenkt.«

»Warum dieses Theater?« Ich verstand wirklich nicht. »Der Besitzer des Bildes soll es einem staatlichen Museum als Leihgabe geben, dann ist es in Sicherheit.«

»Oh, nein.« Cortez lachte bitter auf. »Auch aus Museen werden Bilder gestohlen. Außerdem finde ich, dass der Besitzer des Bildes das Recht hat, es zu behalten und zu lieben – ohne Angriffen ausgesetzt zu sein.«

»Okay«, sagte ich. »Das verstehe ich. Aber – was soll ich bei der Sache? Warum ziehst du mich da hinein? Deine Meinung über Journalisten scheint ja nicht die beste zu sein.«

»Ich will, dass du eine Geschichte darüber schreibst. Ich werde dir das Bild zeigen und du wirst niemandem verraten, wo es sich befindet.«

»Warum überhaupt eine Story?«

»Weil die Welt ein Recht darauf hat«, sagte Cortez.

»Und warum gerade ich?« Irgendwas störte mich. »Ich arbeite bei einer Regionalzeitung. Wäre ein TV-Sender nicht geeigneter? Oder ein Journalist einer bekannten Kunstzeitschrift?«

»Das finde ich nicht.« Cortez nahm meine Hand und hielt sie. In meinem Magen flatterte ein Schmetterling.

»Ich vertraue dir – nur dir«, flüsterte er.

»Das glaubst du doch selbst nicht«, sagte ich hart und zog meine Hand weg. »Du kennst mich doch gar nicht.«

»Ach?« Er sah mir tief in die Augen. »Und was war in jener Nacht?«

»Da war ein bisschen Sex. Nichts weiter.«

»Nur Sex?«

»Sex – zwischen zwei erwachsenen Menschen, denen zu diesem Zeitpunkt danach war. Und *nur* danach.«

»Dann habe ich mich in dir getäuscht.« Er setzte ein betrübtes Gesicht auf.

»Zieh nicht so eine verdammte Show ab«, giftete ich. »Du hältst mich wohl für ziemlich naiv?«

»Du bist ziemlich kompliziert«, seufzte Cortez. »Willst du das Bild nun sehen, oder nicht?«

»Natürlich will ich. Ich will auch die Story. Ich will aber nicht, dass du mit meinen Gefühlen Fußball spielst oder Tango tanzt. Und belogen werden – das will ich am allerwenigsten.«

»In Ordnung«, lächelte Antonio Cortez. »Dann bist du also dabei?«

Ich kam nicht dazu, die Frage zu beantworten, denn ein unangenehmes Geräusch ließ mich hoch schrecken. Ein großes Geländefahrzeug mit verdunkelten Scheiben näherte sich dem Café mit erheblicher Geschwindigkeit. In unmittelbarer Nähe zu unserem Tisch trat der Fahrer auf die Bremse, die Beifahrertür wurde aufgestoßen.

»Runter!«, schrie Cortez und riss mich vom Stuhl. Plötzlich fand ich mich auf dem Pflaster zwischen den metallenen Tischbeinen wieder, war völlig verwirrt, hörte das Rattern einer Maschinenpistole und einzelne angstvolle Schreie. Cortez lag halb auf mir, atmete schwer, hielt meinen Kopf, um mich zu beschützen.

Dann wieder das Aufheulen eines Automotors, Reifenquietschen, Fahrgeräusche, keine Schreie mehr, dafür aber mehrstimmiges Wimmern.

»Das galt uns«, raunte Cortez in mein Ohr. Wir lagen noch immer auf dem Boden, er hatte seinen Mund an meiner Wange, sein Oberkörper lag schützend über meinem, ich schloss die Augen – nicht vor Angst, sondern weil ich diesen vertrauten Augenblick so lange wie möglich auskosten wollte.

»Lass uns schnell verschwinden«, flüsterte Cortez. »Ich habe keine Lust, der Polizei Auskünfte geben zu müssen.«

»Okay«, stammelte ich, immer noch ein bisschen benommen – ob von dem Ereignis oder seiner Nähe – ich wusste es nicht.

Wir rappelten uns hoch. Im *Café de nuit* war noch Verwirrung und totales Chaos angesagt. Menschen stolperten durcheinander, Schreie nach der ›Police‹ schallten über die Place du Forum, Sirenen näherten sich.

Cortez hakte sich bei mir ein, wir schlenderten in gemächlichem Tempo an der Hauswand entlang auf den Platz. Ein dunkelblauer Polizeiwagen fuhr vor, es folgten weitere, die Flics rannten ins Café.

»Oh, Gott, was war das?« Langsam kroch mir der Schreck über das Erlebte die Wirbelsäule hoch.

»Maria, hab keine Angst«, bat Cortez zärtlich. »Es wird alles gut. Glaub mir, ich sorge dafür, dass dir nichts passiert.«

Ich blickte in seine Augen und dachte wieder an frische Gletscherseen. Ich sah seinen Mund und dachte an unbekannte Früchte, ich sah seine Zähne und dachte an Perlmutt in irgendwelchen Südseen. Meine Lippen näherten sich seinen und wir trafen uns zu einem tiefen Kuss.

Einige Augenblicke später war ich wieder in der Realität.

»Wann kann ich das Bild sehen?«, wollte ich wissen.

»Warte ab.«

Er hatte mich vom Platz weggeführt in irgendeine Gasse. Die Sirenen der Polizeiautos waren nur noch schwach zu hören.

»Wir müssen uns jetzt trennen«, sagte Cortez. »Sag diesem Thaler nicht, was wir miteinander besprochen haben. Ich traue diesem Mann nicht.«

»Er ist harmlos«, behauptete ich. »Er ist jung und ehrgeizig, doch es mangelt ihm an Wissen und Erfahrung.«

»Das mag sein. Unterschätze seinen Ehrgeiz nicht – und seine Gier nach Geld.«

»Wie kommst du darauf, dass er geldgierig ist?«

»Willst du es wirklich wissen?«

»Sicher. Nun sag schon!«

»Er hat Kontakt zu Leuten aufgenommen, die hinter dem Bild her sind.«

»Und?« Ich verstand noch immer nicht.

»Er hat ihnen angeboten, das Bild für sie zu finden. Gegen Geld natürlich. Damit sie es stehlen können.«

»Ach, Quatsch. Thaler soll ein doppeltes Spiel spielen? Das glaube ich nicht. Er ist ein bisschen überheblich – aber sonst ist er okay.«

»Du täuschst dich.«

Wir schlenderten Hand in Hand über einen Platz. Hier hatten Markthändler ihre Stände aufgebaut. Die provencalische Sonne brannte auf die nackte Haut meiner Arme, aus irgendeinem Haus ertönte Musik, ich roch den Duft von Lavendel und Feigen, erblickte das warme Rot von Tomaten und das flache Grün von Artischocken, sah auf schwarzviolette Auberginen und honiggelbe Melonen.

Meine Stimme war heiser, als ich sagte: »Thaler hält dich für den Mörder. Seiner Meinung nach hast du Stenzel umgebracht und Kolatschke und seine Frau in den

Selbstmord getrieben. Er behauptet, dass du das Van-Gogh-Bild stehlen willst, um die Millionen einzustecken.«

Antonio Cortez lachte auf. »So ein Blödsinn! Und wem glaubst du?«

»Ich weiß es nicht«, sagte ich traurig. »Sag mir, wo das Bild ist, zeig es mir und lass mich meine Story schreiben. Dann sehen wir weiter.«

»Du vertraust mir also nicht?«

»Nein.«

»Schade.«

Schweigend schlenderten wir nebeneinander her. Er war wieder ein Fremder für mich, den es zu beobachten und zu bekämpfen galt.

Wie gern hätte ich ihm vertraut, mich bedingungslos auf ihn eingelassen. Doch da war bei mir immer dieser verdammte Stachel, dass es so etwas wie grenzenloses Vertrauen nicht geben kann in dieser hohlen Welt, in der jeder nur den eigenen Vorteil sucht, nur danach trachtet, den anderen auszutricksen, um ihn für den Rest seines Lebens fertig zu machen.

»Bevor dich jemand verletzt, ergreifst du lieber die Flucht, nicht wahr?«, fragte Cortez.

Ich wollte nicht zugeben, dass er damit den Nagel auf den Kopf getroffen hatte, und bemerkte: »Wir haben eine geschäftliche Beziehung – etwas anderes interessiert mich nicht mehr. Wann kann ich das Bild sehen?«

»Ich werde mich bald bei dir melden«, sagte Cortez kühl. »*A bientôt*.«

Er ließ mich stehen, lief in eine andere Richtung, sah sich nicht mehr um.

Die Zypressen beschäftigen mich dauernd, ich möchte so was Ähnliches wie die Sonnenblumenbilder daraus machen, denn es wundert mich, dass man sie noch nicht gemalt hat, wie ich sie sehe. In den Linien und in den Proportionen sind sie schön wie ein ägyptischer Obelisk. Und das Grün ist ein so ganz besonders feiner Ton. Es ist der schwarze Fleck in einer sonnenbeschienenen Landschaft, aber es ist einer der interessantesten schwarzen Töne, doch ich kann mir keinen denken, der schwieriger zu treffen wäre. Man muss die Zypressen hier gegen das Blau sehen, in dem Blau, richtiger gesagt.

Sternennacht

Ein schreckliches Gefühl der Einsamkeit befiel mich auf der Rückfahrt von Arles nach Saignon. Die ewige Sonne ging mir auf die Nerven, die Hitze erschien mir unerträglich stark, der Wind zu läppisch, die Landschaft zu kitschig.

Erst als ich ein gelbes Weizenfeld mit Zypressen sah, atmete ich wieder auf. Das dunkle Grün der schlanken Bäume – van Gogh hatte sie häufig mit wild flackernden Pinselstrichen gemalt – brachte Hoffnung auf erlösende Kühle.

Ich stellte mein Auto am Straßenrand ab und stieg aus. Die Zypressengruppe war etwa fünfhundert Meter entfernt. Ich wollte mich unter ihr niederlassen, ein wenig entspannen, nachdenken, meinen Gedanken nachhängen.

Vincent war fasziniert von diesen immergrünen Pflanzen, sah in ihnen bloße Natur, vitales Wachstum und immer währende Bewegung.

Für mich waren sie Metapher für den Süden und seine Leichtigkeit. Ich dachte an das Bild *Die Sternennacht*: Da war eine Zypresse im Vordergrund, dahinter ein Dorf kurz vor der Nachtruhe, über ihm ein Himmel, an dem sich ein regelrechtes Drama abspielte. Zwei wilde Spiralnebel vereinigten sich, riesenhaft vergrößerte Sterne durchbrachen mit ihrem Licht den dunklen Himmel, ein mystischer, orangefarbener Mond wand sich am Rand des Bildes, ein breites Lichtband trennte schließlich den Schatten der Hügel vom aufgebrachten Himmel.

Jetzt stand ich unter solchen Bäumen. Hier war es erfrischend kühl, das Licht gedämpft. Ich nahm die Sonnenbrille ab, ließ mich unter den Baum fallen und schloss die Augen. Wie lange ich da vor mich hindöste – ich weiß es nicht.

Das Klingeln meines Handys riss mich aus den Gedanken.

»Ja?« Es war Cortez.

»*Où es-tu?*«, fragte er atemlos.

»Auf irgendeiner Straße«, antwortete ich.

»*Tu es toute seule*?«

»Sicher. Wer sollte denn bei mir sein?« Ich verstand seine aufgeregte Stimme nicht.

»Maria! Hör mir genau zu. Stell dein Auto irgendwo ab und verstecke dich. Der Wagen aus Arles verfolgt dich.«

»Wieso?« Meine Leitung war nicht eben kurz.

»Tu, was ich dir sage.«

»Ich hab den Wagen bereits geparkt. Er steht an der Straße. Ich gehe gerade spazieren.«

Ich blickte zu dem Fahrzeug hin. Es stand dort völlig allein und glänzte in der Sonne. Ab und zu fuhr ein Wagen vorbei und verschwand wieder.

»*C'est bien*«, hörte ich Cortez sagen. »Wo bist du genau?«

»Irgendwo hinter St. Rémy auf der N 99.«

»Ich schicke dir einen Polizeiwagen vorbei. Fahr auf keinen Fall weiter. *Ne bouge pas*! Hast du mich verstanden?«

»Und warum kommst du nicht selbst, um mich zu retten?«, maulte ich.

»Beim nächsten Mal. Tust du das, was ich sage?«

»Sicher. Und wie viele Tage soll ich hier verbringen?«

»Warte nur auf die Polizei. Sie wird deinen Wagen untersuchen und dich sicher nach Saignon begleiten.«

»Ach, du lieber Himmel!«

»Ich werde bald nach Saignon kommen«, versprach Cortez. Er beendete das Gespräch.

Ich hielt seine Sorge für übertrieben, blieb jedoch im Schatten der Zypressen und beobachtete die Straße. Tatsächlich näherte sich ein Fahrzeug, das langsamer fuhr als die anderen Autos. Es war der Jeep aus Arles. Der Wagen hielt und das Beifahrerfenster wurde heruntergedreht. Viel erkennen konnte ich nicht, nur die hellen Umrisse eines Menschen, der hinter dem Steuer saß.

Ich wagte kaum zu atmen, obwohl ich viel zu weit weg war, als dass man mich hätte hören können. Der Schatten der Zypressen verschluckte mich komplett.

Dann stieg der Mann aus. Er war groß und schwer, trug Jeans, ein weißes T-Shirt und eine Baseball-Kappe. Sein Gesicht war kaum zu erkennen und er wirkte nicht gerade anheimelnd.

Er trat zu meinem Cabriolet hin, dessen Dach zurückgeklappt war, und schaute ins Wageninnere. Dann suchte er mit den Augen die Gegend ab, sah zum Glück nichts. Mein Atem war flach. Ich beobachtete, wie er sich ins Innere des Fahrerraums beugte und etwas hoch nahm. Es war mein honiggelber Strohhut mit dem roten Band. Er starrte den Hut unverwandt an.

Plötzlich hob der Mann irritiert den Kopf. Sekunden später hörte ich den Grund dafür. Polizeisirenen ertönten und kamen immer näher. Es waren für mich Töne aus elysischen Gefilden.

Der Mann ließ den Hut fallen, rannte zu dem Jeep, startete und machte sich davon.

Ich atmete durch. Dann schritt ich mutig voran – das Polizeigetöse in den Ohren.

Als der Polizeiwagen stoppte, stand ich bereits neben meinem Golf.

»*Bonjour, Messieurs*«, begrüßte ich die beiden Beamten, die in engen blauen Uniformen schwitzten.

»Bonjour, Madame, vous avez des problèmes avec la voiture?«, fragte einer der Blauen. Ich tat so, als verstünde ich nicht richtig und fragte, warum sie hier seien.

Die beiden Polizisten berichteten, dass sie durch einen Anrufer informiert worden wären, dass auf der N 99 ein Fahrzeug brenne und sich eine Touristin in Gefahr befände.

Ich behauptete, dass der Motor meines Wagen ein etwas merkwürdiges Geräusch von sich gegeben hätte, doch das sei alles. Von Feuer keine Rede.

Sie baten mich, den Motor zu starten, und hörten aufmerksam dem Geräusch zu. Dabei legten sie ihre Gesichter in besorgte Falten.

»Non, c'est bien comme ça«, befand der ältere der beiden.

Ich stieg ein und fragte die beiden, ob sie vielleicht ein Stück hinter mir herfahren könnten. Sie willigten ein.

Ich startete und fuhr zügig voran. Wir erreichten eine Kurve und hinter ihr parkte der große Jeep. Durch die getönte Scheibe war nicht zu erkennen, ob jemand da drin saß.

Ich blinkte, fuhr rechts heran und kam etwa zwanzig Meter vor dem Jeep zum Stehen. Hinter mir stoppte der Polizeiwagen. Ein Beamter stieg aus, trat zu mir und fragte, was los sei.

Ich erzählte, dass ich den Wagen vor einer Stunde in Arles vor dem *Café de nuit* gesehen hätte, zu der Zeit, als der Anschlag geschehen sei.

Der Polizist begriff, holte sein Funkgerät heraus und informierte mit aufgeregter Stimme seine Dienststelle.

»Allez vous-en«, flüsterte er mir zu. Dann lief er betont langsam zu dem Polizeiwagen, setzte sich hinein.

Eine Weile passierte nichts. Dann verließen die beiden Blauen den Wagen, Pistolen in den Händen. Sie duckten sich hinter ihr Auto und schrien etwas sehr Lautes.

Ich nutzte die Chance, startete das Cabrio und gab Gas. Die Reifen quietschten und ich sah nur noch eine Staubwolke hinter mir.

Wenn man gesund ist, muss man von einem Stück Brot leben und dabei den ganzen Tag arbeiten können und dazu noch die Kraft haben, zu rauchen oder ein Gläschen zu trinken; das braucht der Mensch unter diesen Umständen. Und dabei doch die Sterne fühlen und das Unendliche dort oben. Dann ist das Leben trotz alledem beinahe märchenhaft. Ach, wer hier nicht an die Sonne glaubt, der ist gottlos.

Mapucho

Endlich kam ich in Saignon an, es war Nachmittag und ich fühlte mich völlig erschöpft. Thaler saß vor dem Haus am Steintisch, die Füße auf dem Tisch, er hatte einige Bücher vor sich aufgetürmt und schien keine besonders gute Laune zu haben.

»Na ja«, meinte er. »Sie haben's ja doch überlebt.«

»Was?« Wie hatte er von dem Anschlag gehört?

»Die Fahrt nach Arles. Bei Ihrem Fahrstil dürfte das an ein Wunder grenzen.«

»Ich hatte eine Weile Polizeibegleitung«, murmelte ich. »Die haben mir gezeigt, wo's lang geht.«

Ich ging in die Küche und staunte. Thaler hatte tatsächlich aufgeräumt – alles war blitzsauber und stand an seinem Platz. Ein zitronenfrischer Duft wehte durch den Raum.

»Prima!«, rief ich ihm von der Küchentür aus zu. »Sie haben doch mehr Talent, als ich geglaubt habe.«

»Schön, dass Sie das endlich merken«, grinste er. »Ergebensten Dank, Frau Grappa.«

Mein Lob scheint ihm wirklich etwas zu bedeuten, dachte ich, vielleicht war er für die Menschheit noch nicht verloren.

Ich schlenderte Richtung Bad, um mich frisch zu machen, als ich ein Geräusch hörte. Es ähnelte einem Kratzen und kam aus meinem Zimmer. Entsetzt drehte ich mich um, lief in den Garten und schrie: »Da ist wer im Haus!«

Thaler sah von seinem Buch auf. »Ich weiß«, sagte er. »Der Hund.«

»Welcher Hund?«

»Der, den Sie suchen. Ich habe ihn in Ihr Zimmer gesperrt.«

»Verdammt!«, schrie ich. »Wieso in mein Zimmer und nicht in Ihres? Und wie kommt das Vieh überhaupt hierher?«

»Mal ganz langsam«, sagte Boris Thaler. »Sie suchen den Hund doch, oder? Na also. Der Köter lief im Garten herum und suchte was zu fressen. Dann kackte er ins Lavendelfeld und pisste an meinen Roadster. Obwohl ich ihn lieber erschossen hätte, beherrschte ich mich und holte die abgenagten Wachtelknochen von gestern. Ich zeigte sie ihm und er folgte mir. Als er vor Ihrem Zimmer stand und nach dem Fressen hechelte, hab ich blitzschnell die Tür geöffnet, die Knochen reingeworfen, ihm einen Tritt versetzt und drin war er. Clever, was?«

»Was glauben Sie, wie mein Zimmer jetzt aussieht?«, brüllte ich außer mir vor Wut.

»Keine Ahnung. Gucken Sie doch einfach mal nach.«

»Prima Vorschlag«, zischte ich.

In dem Augenblick kam vom Nachbargrundstück eine Frau zu uns herüber. Sie hielt einen Korb in der Hand. Thaler stand auf und ging auf sie zu.

Die Frau bemerkte mich und grüßte freundlich.

»*Ah, Madame*«, hörte ich Thaler säuseln. »*Vous êtes très gentille! Merci beaucoup, Madame.*«

Die Frau verschwand. Ich blickte in den Korb und sah frisches Obst.

»Schön, dass Sie zu unserem gemeinsamen Lebensunterhalt jetzt schon Spenden akquirieren«, brummte ich. »Woher kennen Sie die Frau?«

»Ich hab sie heute früh angesprochen und gefragt, ob sie mir einen Gefallen tut.«

»Gefallen?«

»Haben Sie wirklich geglaubt, dass *ich* die Küche so auf Vordermann gebracht habe?« Thaler lachte verächtlich. »Ich verabscheue Reinigungsarbeiten. So was können Frauen besser. Und sie sind noch dankbar, wenn sie's tun dürfen.« Er deutete auf den Früchtekorb. »Richtig dankbar. Witzig, nicht?«

»Ich könnte mich ausschütten vor Lachen«, giftete ich. »So was ist finsterste Ausbeutung und außerdem frauenfeindlich. Irgendwann geraten Sie mal an eine, die Ihnen das Schürzchen umbindet und Sie mit der Peitsche zur Küchenarbeit treibt. Und jetzt zu dem Hund! Wenn er mein Zimmer vollgepisst hat, dann tauschen wir die Unterkünfte.«

»Wieso? Er ist doch Ihr Liebling. Sagen Sie nicht immer *mon petit chou-chou* zu ihm?«

»Na und? Ich bin ja auch freundlich zu Ihnen, obwohl es allmählich keinen Grund mehr dafür gibt. Und jetzt kommen Sie!«

Thaler heftete sich an meine Fersen. In der Küche griff ich nach einem Strick, um den Hund anzuleinen. Diesmal sollte er mir nicht wieder entwischen!

Ich öffnete vorsichtig die Tür.

Es war einfacher, als ich dachte. Vom Jammern und Kratzen war der Braune so müde, dass er sich anbinden ließ. »Da!« Ich gab Thaler den Strick. »Festhalten!«

Dann inspizierte ich mein Zimmer. Die Schäden hielten sich im Rahmen. *Chou-chou* hatte zwar auf meinem Bett gelegen und die Kissen zerwühlt, doch es war genug Bettzeug zum Wechseln da. Nirgendwo war eine feuchte Stelle, die Reste der Wachtelknochen lagen klein gekaut vor dem Kleiderschrank – ein klarer Fall für den Staubsauger.

Ich ging zu dem Hund und tätschelte seinen Kopf. »*Tu es si gentil, mon petit chou-chou. Quel gentil chien!*«

Thaler guckte mich an, als hätte ich sie nicht alle. Ich warf ihm einen vernichtenden Blick zu und nahm ihm den Strick ab.

»*Tu vas me montrer ta maman*?«, fragte ich den Hund. Er guckte mich treu an, ich fand Zustimmung in seinen Augen. »*Allons-y*!«

Der Braune zog mich die Stufen hinab.

»Ich gehe allein«, rief ich Thaler zu. »Bereiten Sie schon mal das Abendessen vor. Es sind noch genug Sachen im Kühlschrank.«

Zielstrebig trabte der Hund ins Dorf hinauf, ließ den Platz und die Kirche rechts liegen und zog weiter zum Felsen – dort, wo ich ihn zum ersten Mal vor Wochen gesehen hatte. Wo wollte er hin? Die Häuser, die hier oben standen, waren ziemlich verfallen und schienen nicht mehr bewohnt zu sein.

Kurz bevor der schmale Pfad in den Treppen endete, die auf das Felsplateau führten, bog der Braune links ab und stoppte. Wir standen vor einem verwinkelten Haus mit einer verwitterten Holztür, in deren Mitte ein mit einer Klappe verschließbares kleines Fenster eingearbeitet worden war. Der Hund hob die weiß gezackte Pfote, kratzte am Holz und bellte. Es war kein greller Laut, sondern ein tiefes, fast herzliches Geräusch. Es sagte mir, dass der Hund hier zu Hause war.

Wir warteten. Ein Schlurfen war zu hören, der Hund wedelte mit dem Schwanz und trippelte vor Aufregung.

»Mapucho«, krächzte eine Frauenstimme.

Mein Herz klopfte.

»*Mon petit chien*«, sagte die Stimme hinter der Tür.

Der Hund winselte und drückte sich gegen das Holz.

»*Je viens, mon petit, attends*!«

Die Tür öffnete sich und in der Höhe meiner Schultern blickten mich zwei schwarze Augen an.

»*Bonjour, Madame*«, begann ich.

Sie öffnete die Tür ein bisschen weiter. Ihr Kopf war klein, die Haut hatte tiefe Furchen, das Haar war lang, weißgrau und üppig, es umrandete ihren Kopf wie ein überdimensionaler heller Heiligenschein. Nach Art der alten Französinnen waren ihre Lippen grellrot bemalt, auf den welken Lidern trug sie blauen Lidschatten. Die Augen waren jung, munter, intelligent und ohne Argwohn.

»*Entrez*!«, sagte sie. Die Tür öffnete sich ganz. Der Hund war längst hineingelaufen, saß in einem winzigen

Innenhof, der von hohen Natursteinmauern umsäumt war, neben einem eisernen Gartenstuhl, auf dem eine Siamkatze schlummerte.

Jetzt habe ich das Foto komplett, dachte ich, sogar die Katze gibt es noch. Endlich war ich einen Schritt weiter in dieser Geschichte.

Als Maler werde ich nie irgendwie von Bedeutung sein,
das spüre ich ganz entschieden. Nehmen wir mal an,
alles wäre anders: Charakter, Erziehung, Umstände –
dann hätte etwas herauskommen können. Aber wir sind
zu nüchtern, um uns etwas vorzumachen.

Leidenschaft und Strafe

In der nächsten Stunde lernte ich, dass es im Leben nicht wirklich auf Reichtum, Erfolg und Anerkennung ankommt, sondern dass das wahre Glück nur in der Leidenschaft für etwas und der Liebe zu jemandem zu finden ist.

Vincent, der Maler, war nicht glücklich gewesen. Er kannte die Leidenschaft in allen Abstufungen, hat sie in seinen Bildern ausgelebt, mit ihr gekämpft, mit ihr gehadert und sie manchmal verflucht. Doch zerbrochen ist er am Mangel an Liebe.

Sie hieß Rosalie Marengo, war weit über siebzig, lebte seit fast dreißig Jahren in Saignon. Sie war mit ihrem Mann, einem Architekten, vor dem faschistischen Regime in Argentinien nach Paris geflüchtet und irgendwann hatten beide die Provence besucht, waren in dem kleinen Saignon gelandet.

»Plötzlich fanden wir am Rand des Dorfes einen Haufen alter Steine«, erzählte sie in hartem Französisch mit spanischem Akzent. »Aldo ahnte sofort, dass sich unter dem Schutt ein Gebäude verbirgt. Wir kauften das Gelände für 500 Francs und buddelten los.«

In den folgenden Jahren legte das Paar mittelalterliche Kellergewölbe frei, die unterirdisch zu dem Haus am Felsen führten. Es entstanden in jahrzehntelanger Arbeit ein verwinkeltes Haus mit unzähligen Räumen, manche unter der Erde, andere am Felsabsturz, und mehrere offene Terrassen.

Rosalie führte mich durch ihr Heim. Die Räume waren kühl, die Wände und Fußböden aus Kalksteinen gemauert, die Decken nicht plan, sondern Tonnen- und Kreuzgewölbe.

»Das ist mein Atelier«, sagte Rosalie stolz. Skurrile Holzskulpturen in Menschengröße standen wie vergessene Besucher in einem runden Raum.

»Die haben Sie gemacht?« Ich konnte nicht glauben, dass diese zarte, höchstens einssechzig Meter große Frau so viel schweres Holz bewegen konnte.

»Gefallen sie Ihnen?«

»Sie sind wunderbar«, schwärmte ich. »Voller Kraft und ... auch voller Schönheit.«

Sie lächelte zufrieden und lud mich zum Kaffee ein. Sie führte mich in die Küche, die eine Kombination aus moderner Technik und bäuerlicher Tradition war. Es gab natürlich Elektrizität, eine Kaffeemaschine, einen Backofen mit Herd und sogar eine Mikrowelle.

»Das hat mein Sohn alles so gemacht«, erklärte sie.

»Sie haben einen Sohn?« Als ob ich das nicht geahnt hätte!

»Er ist auch Künstler.«

Rosalie schüttete den Kaffee in zwei Becher. Die Siamkatze sprang auf den Küchentisch. »*Alors, va-t'en*!«

Ich schaute mich um. Von der Küche aus ging es ein paar Stufen tiefer in den Hauptraum. Die Einrichtung war geschmackvoll – Möbelklassiker von zeitgenössischer Raffinesse. An den Wänden Bilder, in den Ecken Skulpturen, gemauerte Nischen mit schweren Kissen, eine Stereoanlage, chinesisches Porzellan auf den gemauerten Vorsprüngen, hier und da ein wertvoller kaukasischer Teppich – sogar afrikanische Kunst fand ich: Goldgewichte der Ashanti und ein Nagelfetisch N'kondi aus dem Kongo.

»Sie haben wertvolle Sachen in Ihrem Haus«, bemerkte ich.

»Ich weiß«, sagte Rosalie. Sie hatte sich in einen großen Sessel gekauert, in dem sie noch zerbrechlicher wirkte. »Manchmal kommen Touristen und nehmen Sachen mit.«

»Sie nehmen Sachen mit?« Ich verstand nicht gleich.

»Mein Sohn ist dann sehr böse. Er hat mir verboten, Leute ins Haus zu lassen. Sie nehmen nichts mit, oder?«

»Nein«, versprach ich. »Warum sollte ich das tun? Ich bin keine Diebin.«

Ich wollte sie gerade nach ihrem Sohn fragen, als das Handy klingelte: Cortez.

»Bist du gut nach Saignon zurückgekommen?«

»Dank deiner Hilfe schon. Jetzt sitze ich gerade bei deiner Mutter und trinke Kaffee. Möchtest du sie sprechen?«

»Ja.« Er schien nicht die Spur überrascht zu sein.

Ich reichte das Handy an Rosalie weiter. Sie hatte ein solches Teil wohl noch nie in der Hand gehabt, ich zeigte ihr, wo sie hineinsprechen musste. Die beiden unterhielten sich eine Weile auf Spanisch.

»*Tenez, il veut vous parler.*«

Ich horchte.

»Sag deinem Kollegen nicht, dass du Mutter gefunden hast. Versprichst du mir das?«

»Ja. Aber es wird Zeit, dass du mir endlich reinen Wein einschenkst. Ich bin es leid, alles selbst herauszufinden. Ist das Bild bei deiner Mutter?«

»Nicht mehr. Ich habe es natürlich in Sicherheit gebracht. Aber es gehört ihr und ich lasse nicht zu, dass es ihr jemand wegnimmt.«

»Das verstehe ich nur zu gut. Wann sehe ich dich wieder?«

»Früher, als du denkst.«

Ich trank den Kaffee aus und verabschiedete mich. An der Tür fiel mir doch noch eine Frage ein. »Wer waren die Leute, die Sachen aus Ihrem Haus weggenommen haben?«

Rosalie überlegte. »Ein Mann aus Deutschland und seine Frau«, sagte sie dann. »Tonio hat Recht gehabt.«

»Womit?«

»Dass sie dafür bestraft werden. Beide sind nämlich tot.« Rosalie kicherte, streichelte Mapucho und schloss die Tür hinter mir.

Ich will nur irgendwas tun, irgendwo sein, es muss wieder gut werden, ich werde wieder obenauf kommen, ich will Geduld haben, bis es wieder gut wird ...

Deutsche Touristin gesucht

Den Rest des Abends war ich für meine Verhältnisse sehr schweigsam. Dafür plapperte Thaler, was das Zeug hielt. Er wollte wissen, wohin mich der Hund geführt hatte. Ich erzählte irgendeine Lüge; dass er sich losgerissen habe und spurlos verschwunden sei. Mehr war nicht aus mir herauszukriegen.

Maulend wählte Thaler den Fernseher als Begleiter für die letzten Stunden des Tages. Der Fernsehsprecher plärrte aufgeregt durch die laue Nacht.

Ich saß derweil noch draußen am Tisch und versuchte, Sternbilder zu erkennen. Dazu gönnte ich mir den obligatorischen Côte du Lubéron, ein bisschen Baguette, Käse und Oliven.

Die Geschichte war ziemlich verworren. Mir schien, dass Kolatschke den Van-Gogh bei Rosalie Marengo zufällig entdeckt hatte – bei einem seiner perfiden Raubzüge im Haus der alten Frau. Wahrscheinlich hatte er zusammen mit Stenzel einen Plan entwickelt, das Bild zu stehlen, um es meistbietend zu verkaufen. Vielleicht hatten beide es ja schon mal gestohlen und Cortez hatte es sich zurückgeholt? Doch dann musste Antonio der Mörder von Stenzel sein und hatte vielleicht auch Kolatschke und seine Frau auf dem Gewissen.

Die Nervensäge namens Thaler riss mich aus meinen Kombinationsversuchen.

»Da gab es heute Mittag ein Attentat in Arles«, berichtete er aufgeregt. »Im *Café de nuit*. Ein Mann hat auf die Gäste geschossen. Zum Glück wurde niemand verletzt.«

»Ich weiß«, sagte ich. »Ich war dort, als es passierte.«

»Warum haben Sie nichts davon erzählt?«, fragte er verwundert. »Sie hätten getötet werden können!«

»Dann hätte Peter Jansen meine Katze adoptieren müssen. Wollen Sie Wein?«

»Wein will ich immer«, meinte Thaler. »Und jetzt erzählen Sie!«

»Da gibt's nicht viel zu erzählen. Ich saß dort, ein Wagen fuhr vor, ein Mann stieg aus und begann herumzuballern. Ich warf mich zu Boden.«

»Hat er gezielt auf Sie geschossen?« Thaler goss sich Wein ein und ließ mich dabei nicht aus den Augen.

»Keine Ahnung.«

»Waren Sie allein in dem Café?«

»Nein. Da saßen bestimmt noch zwanzig andere Touristen herum.«

»Sie wissen genau, was ich meine!« Thaler legte die Füße auf den Tisch. »Waren Sie mit Cortez zusammen?«

»Er ist nicht gekommen.«

»Natürlich nicht!« Thaler lachte verächtlich. »Vielleicht war Cortez der Attentäter. Er hat Sie extra ins Café bestellt, damit er Sie in Ruhe abknallen lassen konnte, Frau Grappa.«

»Das kann ich mir nicht vorstellen«, widersprach ich lächelnd. »Und ich weiß, dass es so nicht war.«

»Die Polizei hat den Wagen gefunden, in dem der Mann saß. Ein paar Kilometer von Arles entfernt auf der N 99.«

»Na so was!« Thaler erzählte mir nichts Neues.

»Der Mann konnte flüchten. Die Polizei sucht aber eine deutsche Touristin, die ein Golf-Cabrio fährt. Sie hat die Bullen auf die Spur des Wagens gebracht. Die Mietwagenfirma hat den Namen der Fahrerin zwar rausgerückt, doch niemand weiß, wo sich die Frau aufhält.«

»Dabei sollte es auch bleiben«, sagte ich.

»Kein Problem«, meinte Thaler. »Ich weiß von nichts. Aber nur, wenn Sie mir endlich sagen, was Sie herausgefunden haben. Was hat Cortez Ihnen erzählt? Was wollte er?«

»Ich bin müde«, wehrte ich ab. Es galt, Zeit zu gewinnen. »Lassen Sie uns über alles sprechen, wenn morgen früh die Sonne aufgegangen und der Tag noch jung ist.«

Ich stand auf und ging. Im Rahmen der Küchentür drehte ich mich noch einmal um. Thaler goss sich ein Glas Wein ein. Und ich wusste noch immer nicht, ob ich ihm vertrauen sollte.

Ich bin ein leidenschaftlicher Mensch, dazu imstande und geneigt, mehr oder weniger unsinnige Dinge zu tun, die ich zuweilen mehr oder weniger bereue. Es passiert mir oft, dass ich ein wenig zu schnell spreche und handle, wenn es besser wäre, mit mehr Geduld zu warten.

Entscheidung

Es war Vollmond in jener Nacht. Ich lehnte im geöffneten Fenster, starrte ins dubiose Licht, sah die Linien der Dächer, hörte einen Hund bellen und rollige Katzen kreischen. Erschöpft hatte ich mich ins Bett gelegt, um festzustellen, dass mich meine Gedanken nicht zur Ruhe kommen ließen.

Ich versuchte, mir das Van-Gogh-Bild vorzustellen. Es zeigte angeblich einen Bauern in einem Melonenfeld. Welche Tageszeit hatte der Maler wohl gewählt? Die gleißende Mittagssonne, die fast keinen Schatten wirft, oder das milde Abendlicht? Waren die Pinselstriche leidenschaftlich-wild oder diszipliniert gesetzt?

Ich dachte an eines der letzten Bilder van Goghs, das einen Monat vor seinem Tod entstanden ist: *Getreidefeld mit Raben*. Es drückte Wahnsinn und Verzweiflung, aber auch Einsamkeit und Einfachheit aus. Die Pinselstriche waren wie Narben auf die Leinwand gebracht, die kurz davor stehen, wieder aufzureißen. Die angedeuteten Raben im turbulenten violett-schwarzen Himmel, die Bewegung des reifen Getreides und die Neigung des wenigen Grüns bringen ein unglaubliches Tempo in das Bild – so, als sähe man eine filmische Naturstudie, die über Stunden dauert, in Bruchteilen von Sekunden. Ich musste den *Bauern im Melonenfeld* so bald wie möglich sehen.

Irgendwann fielen mir vor Müdigkeit die Augen zu. Doch mein Schlaf dauerte nur bis gegen sechs Uhr, denn das Handy gab einen ärgerlichen Ton von sich. Völlig benommen drückte ich die Annahmetaste.

»Kannst du in einer Viertelstunde fertig sein?«, fragte Cortez.

»Oh Mann, kannst du nicht später anrufen? Es ist noch keine sechs.«

»Willst du das Bild sehen, oder nicht?«

»Sicher. Aber warum muss das in aller Herrgottsfrühe sein?«

»Tut mir Leid«, meinte Cortez zerknirscht. »Ich hätte auch gern länger geschlafen. Aber ich will sicher sein, dass du nicht verfolgt wirst.«

»Und wer sollte mich verfolgen?«

»Thaler.«

»Der pennt doch immer bis mittags.«

»Gut.«

Langsam wurde ich wach. »Ich muss duschen und will wenigstens noch einen Kaffee trinken. In einer halben Stunde, sagst du? Ich brauche mehr Zeit.«

»Kein Frühstück und keine Dusche. Das macht zu viel Lärm.«

»Oh Himmel«, murrte ich. »Dann vergiss es.«

»Maria! Wenn du frühstücken und duschen willst, kannst du das auch bei mir tun.«

»Ich wusste gar nicht, dass du eine Hütte hast. Ich dachte, du schläfst unter den Brücken von Arles ... oder so.«

»Schleich dich aus dem Haus und warte am oberen Ende des Weges auf mich.«

»Darf ich mir wenigstens was anziehen?«

»Nur, wenn es unbedingt sein muss.« Er lachte. »Bis gleich.«

Ich schlich mich ins Bad, absolvierte eine Katzenwäsche mit fast geräuschlosem Zähneputzen, legte ein bisschen Schminke auf, warf mich in Jeans und Top und ging auf Zehenspitzen die Treppe zur Küche hinunter. Vorsichtig drehte ich den Schlüssel in der Außentür um und stand im Garten. Die frühe Sonne ließ die Lavendelfelder in zartem Violett leuchten.

Wenig später hatte ich die Weggabelung erreicht. Ich schaute zum Haus zurück. Die Fensterläden zu Thalers Zimmer waren geschlossen. Wo blieb Cortez?

Ein kleiner, alter Lieferwagen mit offener Ladefläche näherte sich. Der Motor schien nicht mehr okay zu sein, denn das Teil stotterte und machte einen ziemlichen Lärm.

Mein Staunen war groß, als ich Cortez am Steuer sah.

»Hallo«, begrüßte ich ihn. »Geiler Schlitten. Muss ich auf die Ladefläche oder darf ich rein?«

Er öffnete mir von innen die Tür. Ich kletterte neben ihn. Er nahm meinen Kopf und zog ihn zu sich hin. Dann küsste er mich – weder wie ein Bruder noch wie ein Lover – die Berührung unserer Lippen lag irgendwo dazwischen.

»Wohin fahren wir?«

»Zu meinem Atelier«, antwortete er und lenkte den Wagen vorsichtig zwischen den Mauern durch. Es holperte und wackelte – die Federung des Fahrzeugs hatte wohl schon bessere Tage gesehen. »Ich zeige dir das Bild.«

»Endlich«, gähnte ich.

»Entspann dich und schlaf noch ein bisschen«, bat Cortez. »Wir werden uns einen schönen Tag machen. *Une très belle journée.*«

»Ich kann's kaum erwarten!«, sagte ich tapfer und dachte an ganz andere Dinge, die mir den Tag verschönern könnten. Sie hatten allerdings weniger mit van Gogh als mit Cortez zu tun.

»Tust du mir einen Gefallen?« Er blickte mich von der Seite an.

»Kommt drauf an.«

»Ich möchte nicht, dass du weißt, wo mein Atelier ist. Darf ich dir die Augen verbinden?«

»Was soll der Blödsinn?«, fragte ich aufgebracht. »Augen verbinden – so was! Vergiss es!«

Cortez stoppte den Wagen am Straßenrand.

»Du weißt doch, dass viele Leute hinter diesem Bild her sind. Sie suchen seit Wochen danach. Was ist, wenn man dich entführt und zwingt, den Ort preiszugeben?«

»Ich schweige wie ein Grab.«

»Du kennst die Methoden dieser Leute nicht«, sagte Cortez bitter. »Sie scheuen vor Folter und Mord nicht zurück.«

»Du übertreibst«, widersprach ich. »Du hast kein Vertrauen zu mir – das ist der wirkliche Grund.«

»Soll ich dich wieder in dein Haus zurückbringen?« Er schien wild entschlossen, seinen Willen zu bekommen.

»Ich will dieses Bild sehen, verdammt noch mal!«, rief ich. »Aber die Augen lasse ich mir nicht verbinden. Das geht zu weit. Ich kann mir sowieso keine Straßen und keine Schilder merken. Mein Orientierungssinn ist nicht besonders ausgeprägt und ich habe ein lückenhaftes Gedächtnis.«

»Wie du willst, Dickkopf«, seufzte er und startete wieder. Mit einem Ruckeln gelangte das alte Möhrchen auf die Straße zurück. Wir fuhren Richtung Cavaillon und landeten kurz darauf in Ménerbes, dann ging's weiter nach Oppède.

Cortez stoppte den Lieferwagen auf einem großen Parkplatz vor dem Dorf. Irgendeine Sehenswürdigkeit musste es hier geben, denn der Platz war groß und es waren Stellflächen für Touristenbusse eingezeichnet.

Cortez wechselte ein paar Worte mit dem Parkwächter. Man kannte sich offenbar.

»Bist du gut zu Fuß?«, fragte er mich.

»Es geht. Wo soll's denn hingehen?«

Cortez antwortete nicht, sondern deutete auf bewaldete Hügel, die sich hinter dem Dorf erhoben.

Ich trottete hinter ihm her. Sein Gang war kraftvoll, die Schritte lang und selbstbewusst. Wir liefen über den Dorfplatz, an einem kleinen Hotel vorbei. Vor der restaurierten Fassade saßen frühe Gäste. Die Patronin rief Cortez etwas zu, er winkte freundlich zurück. Sie beäugte mich schräg. Sie war drall und attraktiv. Ich äugte zurück.

Cortez hatte es bemerkt und sagte: »Ich esse manchmal hier.«

»Klar«, meinte ich trocken. »Irgendwo muss man ja essen. Kocht sie gut?«

Cortez lachte, legte den Arm um mich. »Für eine Frau schon. So – ab jetzt geht's bergauf.«

In der Tat. Hinter dem Dorf waren Stufen und verfallene Häuser an den Berg geklebt. Fast alle Gebäude schienen verlassen. In den kompliziert angelegten Gärten hatten Unkräuter alle Schmuckblumen überwuchert – sogar den Lavendel, für den es aber auch hier nicht sonnig genug gewesen wäre.

»Wo sind wir hier?« Es war wie der Aufstieg zu einem Dornröschenschloss, in dem Hunderte von Jahren die Zeit stehen geblieben war.

»Der Ort heißt Oppède-le-Vieux«, erklärte Cortez. »Ein ungewöhnliches Dorf – aber ich mag es sehr. Es hat in seinem Rücken nur Wald und Felsen und es öffnet sich zum Norden hin – also genau in die Richtung, aus der der Mistral bläst. Es scheint so, als hätten die Bewohner den Naturgewalten trotzen wollen.«

»Ist wohl doch schief gegangen. Alle Häuser sind verlassen und sie verfallen langsam.«

Ich deutete auf das Mauerwerk, das sich über mir erhob. Steile Treppen führten zu den Gebäuden, deren glaslose Fenster von steinernen Verzierungen umrankt waren. Ich sah Blumen, kleine gotische Teufelchen, in sich verschlungene Bänder und viele Wappen.

»Die Bewohner müssen mal sehr reich gewesen sein«, vermutete ich. »Schau dir an, wie prätentiös alles ausgeführt worden ist. All das erinnert mich an italienische Patrizierhäuser aus der Renaissancezeit.«

»Diese Häuser sind zum Teil älter«, erklärte Cortez. »Die Geschichte des Ortes ist mit der Kirchengeschichte Frankreichs eng verbunden – hier lebte Jean Meynier d'Oppède, der für die Ermordung der Waldenser mitverantwortlich war. Der Boden ringsum ist blutgetränkt.«

»Warum restauriert niemand die Häuser?«

»Einige Gebäude sind doch schon wieder bewohnbar. So – jetzt noch diese Treppe hinauf und wir sind da.«

Die Stufen waren bröckelig und ziemlich steil. Gut, dass ich flache Schuhe angelegt hatte. Oben angelangt standen wir auf einem Plateau, das einen herrlichen Blick auf die wilden Berge des Lubéron freigab.

»Oh, ist das wunderbar! Nie hätte ich einen solchen Ausblick erwartet.«

»Schön, dass du Sinn für solche Dinge hast«, meinte Cortez zärtlich. »Komm – ich bin so gespannt, wie dir das Bild gefällt!«

Er zog mich fort, noch weiter in die Höhe, dann standen wir vor einem Haus, eingezäunt mit einer hohen Mauer. Hinter einem riesigen Holunderbusch befand sich eine Tür.

Cortez öffnete sie und wir befanden uns in einem besonnten Innenhof.

»Hier entlang.«

Ich folgte ihm ins Innere des Gebäudes.

»Möchtest du ein Glas Wein?«, fragte er, als wir in einer kleinen, doch sehr komfortablen Küche standen.

»Wein will ich zwar immer. Aber ein Kaffee wäre auch nicht schlecht.«

Er entkorkte eine Flasche Roten, füllte zwei alte Kristallgläser und gab mir eins davon. Dann warf er die Kaffeemaschine an.

»Auf dich – und darauf, dass alles gut wird«, prostete er mir zu.

Der Wein hatte die richtige Temperatur – etwas kühl, aber nicht zu sehr.

»Und jetzt?« Ich war ungeduldig.

»Komm!« Er stellte das Glas ab. Ich nahm noch einen großen Schluck und folgte ihm.

Es ging ein paar Stufen in die Tiefe, in ziemliches Dunkel, dann gelangten wir vor eine Tür aus schwerem Holz mit einem komplizierten Schloss, das an Schließvorrichtungen von Safes erinnerte.

Cortez begann die Tür zu öffnen und es dauerte. Meine Nervosität wurde größer und plötzlich war es wieder da, dieses Misstrauen. Was, wenn alles eine Lüge war? Wenn er mich aus dem Verkehr ziehen wollte? Niemand würde mich je finden, denn niemand wusste, wo er mich hin gebracht hatte.

Ich dachte an den Ort Lacoste ganz in der Nähe – mit dem Schloss des verrufenen *Marquis de Sade.* Ihm wurden sexuelle Folterorgien nachgesagt, reihenweise soll er Jungfrauen geschändet und gequält haben.

»Was geht dir durch den hübschen Kopf?«, lächelte Cortez.

»Nichts weiter«, log ich und wurde rot. Ich war wohl außer Gefahr und auch keine Jungfrau mehr.

Der Raum war riesengroß und fast leer. Eine labende Kühle umhüllte mich. Ich sah mich genauer um. Schwere Vorhänge verbargen ein breites Fenster aus dickem, modernen Glas. An der Wand stand ein schlichtes breites

Bett aus Holz, auf dem mehrere Decken und bunte Kissen lagen. In der Mitte des Raumes befanden sich ein Tisch aus polierter Kastanie und vier alte Stühle; auf dem Tisch eine bemalte Fayence-Schale mit honigfarbenen Melonen, roten Tomaten und tiefgelben Orangen.

»Ich sehe kein Bild?«, sagte ich.

»Geh zum Bett«, bat Cortez.

»Warum? Was hast du vor?«

»Tu, was ich dir sage«, erwiderte er ernst. »Ich will dich nicht verführen – zumindest jetzt noch nicht.«

Ich tat, was er verlangte. »Und nun?«

»Leg dich hin – dann hast du den besten Blick.«

Ich schmiss mich zwischen die Kissen, blickte geradeaus und wartete gespannt auf die Vorführung. Doch ich sah nichts als eine grob gemauerte Kalksteinwand.

»Augenblick!« Mit der Geste eines Zauberers drückte Cortez auf eine Fernbedienung. Es knirschte plötzlich im Raum und vor meinen Augen tat sich die Wand auf. Kurz danach flammten Lichtspots auf. Da war es!

Cortez setzte sich neben mich aufs Bett und starrte das Gemälde ebenfalls an.

»Ist es nicht wunderschön?«, fragte er leise.

Ich schwieg. Das Gemälde war nicht groß – vielleicht achtzig Zentimeter mal einen Meter. Wie soll ich es beschreiben?

Da war Abendstimmung in einem dunklen Gelb, eine noch gelbere Sonne als riesige, pastose Scheibe. Die farbige Antwort auf den Horizont gab das Melonenfeld im Vordergrund: ein rauchiges Blauviolett, geädert durch schwarze Striche und Tupfer, das üppige Grün des Melonenlaubes schlängelte sich auf dem mageren ockerfarbenen Boden. Wie Kometen ohne Schweif waren die honiggelben, fast runden Cavaillon-Melonen in dem Feld drapiert, von der Natur zufällig arrangiert, vom Maler als Momentaufnahme festgehalten.

Der Horizont teilte das Bild in der Waagerechten, rechts – bevor der Blick in eine dunkle Strauchgruppe gelenkt wurde – ein zaghafter Schimmer von Lavendel.

Von rechts unten spaltete ein knorriger Olivenbaum die Ansicht quer durch das Bildformat. Links oben die Silhouette einer romanischen Kirche mit Vorbau, eingerahmt von zwei mächtigen Zypressen.

Der Bauer stand leicht gebückt im Melonenfeld vor der Abendsonne. Seine Gestalt war schemenhaft.

»Der Melonenbauer hat etwas Rührendes, Sanftes und Erstaunliches«, hörte ich Cortez sagen. »Er ist zwar kaum zu erkennen, doch ich weiß, dass es in genau diesem Moment für ihn nichts Wichtigeres gibt als die Sorge um eine gute Ernte. Seine Ernte. Sein Auskommen. Seine Zukunft. Und ich spüre den leichten Wind, der über das Feld streicht und die schon nachlassende Wärme der Sonne am Horizont.«

Erstaunt schaute ich ihn an. So viel Sentimentalität hätte ich bei ihm nicht für möglich gehalten.

»Ich find's ja auch klasse«, sagte ich. »Wenn ich mir überlege, dass das Ganze auf einer Leinwand stattfindet, aus der sich andere Leute Hemd oder Hose zurechtnähen. Fragt sich, wodurch dieser starke Eindruck erzeugt wird.«

»Das ist eben das Geheimnis«, antwortete Cortez. »Es wird niemals gelüftet werden. Vincent war ein Genie. Ein Verrückter. Ein Versager.«

»Heute ist er anerkannt«, wandte ich ein.

»Das ist er. Er ist der prototypische Künstler des neunzehnten Jahrhunderts: Genial, arm, unbekannt, erfolglos, wahnsinnig und früh verstorben. Aber was hatte er davon?«

»Jeder Mensch, der das Schöne liebt, ist von seinen Werken fasziniert«, sagte ich.

»Ja, sicher!« Cortez lachte bitter. »Vincent ist heute der geniale Hampelmann für eine sinnentleerte Gesellschaft, die sich nur noch in events erlebt. Je verrückter ein Maler ist, desto besser kann sein Händler die Bilder vermarkten. Oft dient der Kunsthandel heutzutage nur noch der Geldanlage. Es ist genauso, als würde jemand in Stahl oder Computerchips investieren.«

»Ein Stahlblech kann man sich nicht nett an die Wand hängen«, widersprach ich. »Also muss es doch noch einen Unterschied geben. Leute wie du und ich zum Beispiel können das Schöne noch fühlen.«

»Du bist eine unverbesserliche Optimistin«, meinte Cortez. »Ich will ja auch, dass jedermann dieses Bild sehen kann. Um es schön zu finden oder genial oder ... was weiß ich ...«

»Also – wie geht es weiter?«

Cortez stand auf und ging zu einer Nische in der Wand. Er reichte mir einen braunen Umschlag. Ich öffnete ihn und hatte mehrere Fotoabzüge des Bildes *Bauer im Melonenfeld* vor mir. Es handelte sich um eine gute Aufnahme, die die Farben und den Eindruck des Werkes erstaunlich gut vermittelte.

Wir verließen den Raum wieder und begaben uns in die Küche. Der Kaffee war fertig und ich nahm mir eine Tasse.

In den folgenden zwei Stunden entwarfen wir ein strategisches Konzept. Ich sollte Kontakt zum Chefredakteur einer internationalen Kunstzeitschrift in den USA aufnehmen. Cortez kannte diesen Mann, doch er wollte ihn nicht selbst ansprechen, weil keine Rückschlüsse auf ihn gezogen werden sollten.

»Auf keinen Fall darf der Aufenthaltsort des Bildes bekannt werden«, schärfte er mir ein. »Sonst haben wir alle Diebe dieser Welt an den Fersen.«

»Hast du mal überlegt, das Bild zu verkaufen?«, wollte ich wissen.

»Natürlich nicht. Ich will nur, dass es in die Kunstgeschichte eingeht.«

»Du könntest aber viel Geld damit verdienen«, ließ ich nicht locker. »Denk doch mal an Vincents *Sonnenblumen*. Sie sind für 72 Millionen Mark nach Japan versteigert worden.«

»Geld lässt mich kalt. *C'est la vérité*!«

»Du bist der einzige Mensch, den ich kenne, der nicht geldgierig ist. Wie kommt das?«

»Du kennst eben die falschen Leute«, lachte er. »Ich habe genug Geld, um mir das zu leisten, was ich haben will. Ist das Verhör jetzt beendet?«

Ich nickte.

»Können wir zum wirklich Wesentlichen kommen?«

Ich nickte wieder. Und wartete.

Er nahm mich in die Arme und sein Gesicht näherte sich meinem.

Ich schaute ihn mit großen Augen an.

»Ich glaube nicht, dass du mir widerstehen kannst«, flüsterte er.

»Verdammter Macho!« Ich küsste ihn.

»Und was geschieht jetzt?«, wollte er wissen.

»Ab ins Bett! Es ist ja nur ein bisschen Sex zwischen zwei erwachsenen Menschen – nichts weiter.«

»Keine Gefühle?«

»Nicht die Spur von Gefühl«, behauptete ich cool, während mein Herz heftig zu schlagen begann. »Nur die pure Lust.«

Doch es ist schon etwas, wenn man sich von dem Falschen und Schlechten seiner Zeit nicht täuschen lässt und das ungesunde Dumpfe und Gedrückte der Stunden vor dem Gewitter darin spürt.

Ein 100-Mio-Angebot

Spät in der Nacht kehrte ich nach Saignon zurück, in der Tasche den Umschlag mit den Fotos, die ich unbedingt vor Boris Thaler verstecken musste. Ich wollte in mein Zimmer schleichen, doch ich war nicht leise genug, denn Thaler stand im Flur und versperrte mir den Weg.

»Wo waren Sie den ganzen Tag?«, herrschte er mich an.

»Recherche«, meinte ich knapp.

»Was für eine Recherche?«

»Unsere heiße Story. Es geht um eine internationale Kunstmafia, die ein Bild stehlen will. Schon vergessen?«

»Natürlich nicht.« Er machte keine Anstalten, mich vorbei zulassen.

»Darf ich mal?« Ich schubste ihn unsanft zur Seite.

»Erzählen Sie!«, forderte er.

»Morgen früh«, gähnte ich. »Ich bin todmüde und muss dringend ins Bett. Gute Nacht.«

»Sie haben sich mit Cortez getroffen«, behauptete er. »So also sieht unsere Zusammenarbeit aus?«

»Bleiben Sie ganz cool, mein lieber junger Freund«, meinte ich von oben herab. Meine Stimme war übermüdet. »Außer nicht nachweisbaren Beschuldigungen gegen Cortez haben Sie noch nicht viel zu unserer Story beigetragen.«

»Waren Sie mit Cortez zusammen, oder nicht?«

»Ich habe ihn gesehen«, gab ich zu.

»Hat er Sie bedroht?«

»Ich konnte ihm gerade noch entkommen.«

»Hatte er eine Waffe?«

»Die Waffe, die ich brauchte, hatte er jedenfalls«, kicherte ich albern und stieg die Stufen zu meinem Zimmer hinauf.

Oben angelangt, beschäftigte mich eine Frage: Wo sollte ich die Fotos verstecken?

Mein Blick fiel auf den fast leeren Koffer. Er enthielt nur Socken und ein bisschen schmutzige Wäsche. Ich legte den Umschlag unten auf den Boden und drapierte Textilien darüber.

Ich fiel ins Bett. In dieser Nacht schlief ich traumlos und tief.

Als ich aufwachte, hörte ich Thaler in der Küche herumwuseln. Ich duschte, machte mich fertig, ging nach draußen und setzte mich an den Frühstückstisch.

Der Morgen machte der herrlichen Provence mal wieder alle Ehre: Die Luft war noch frisch, die Sonne wärmte und brannte noch nicht, auf den Blättern des Maulbeerbaumes glitzerten Reste vom Tau der Nacht.

Thaler trabte an, in der Hand ein Fensterleder. Er hatte die Scheiben seines Sportwagens von den Feuchtigkeitsspuren befreit. Er schien bester Laune zu sein – im Gegensatz zum gestrigen Abend.

»Wir bekommen heute Besuch«, kündigte er an.

»Ach ja? Und wer wird uns die Ehre geben?«

»Joe Sterner. Sie erinnern sich?«

Natürlich erinnerte ich mich an den Maler, der unbedingt mein Porträt in Öl und Essig pinseln wollte.

»Und warum gerade der?« Das passte mir nicht.

»Er will uns was über den *Bauern im Melonenfeld* erzählen.«

»So, so.« Erst mal abwarten, dachte ich, was da noch so kommt.

»Er hat mir damals den Tipp gegeben, dass es ein unbekanntes Van-Gogh-Bild gibt, hinter dem alle her sind und das noch nie jemand gesehen hat. Außer dem Besitzer natürlich. Hieß der nicht Cortez?«

»Sie müssen ein bisschen früher aufstehen, um mich auszutricksen«, brummte ich und biss in ein Stück Baguette mit Roquefort. »Und was hat dieser Auftragsmaler noch so auf der Pfanne?«

»Das wird er Ihnen selbst sagen«, kündigte Thaler an. »Er wird jeden Augenblick hier eintreffen.«

»Wie viele Leute haben Sie denn noch eingeladen, ohne mich zu fragen?«

»Das wär's erst mal. Und jetzt erzählen Sie mir, was Sie gestern mit Cortez ausgeheckt haben!«

»Gar nichts. Wir hatten einen netten Tag«, erzählte ich. »Er hat mir die Gegend gezeigt.«

»So wie er Ihnen Arles gezeigt hat?«

»Lassen Sie mich in Ruhe frühstücken«, forderte ich. »Wenn Sie mich weiter so nerven wollen, dann wäre es am besten, Sie packen Ihre Sachen und verschwinden.«

»Ohne mich kriegen Sie die Geschichte sowieso nicht geregelt.«

Ich lachte. »Krieg ich nicht?«

Ich wollte ihm gerade eins überbraten, als sich ein Taxi näherte und in den Hof fuhr.

Sterner stieg aus. Thaler ging ihm entgegen, ich blieb sitzen, denn ich hatte ihn ja nicht eingeladen.

»Hallo, Frau Grappa«, begrüßte mich der neue Gast. »Ich bin entzückt, Sie wieder zu sehen. Haben Sie inzwischen mal darüber nachgedacht, sich von mir malen zu lassen?«

»Deshalb sind Sie extra gekommen?«, grinste ich. »Dann holen Sie schon mal Ihre Pinsel und Farben heraus.«

»Darf ich mich setzen?« Sterner nahm Platz. Er war gekleidet wie die Karikatur eines Touristen: Bermudashorts, Joggingschuhe mit weißen Baumwollsocken, ein Hawaiihemd mit überdimensionalen Blüten und ein Strohhut.

»Was führt Sie wirklich hierher?«, fragte ich förmlich.

»Der *Bauer im Melonenfeld*.«

»Und warum sollte sich dieses Bild in der Provence befinden?«

»Weil sich die Skizzen für dieses Werk auch hier befunden haben«, erklärte Sterner.

»Sie meinen die Skizzen, die Kolatschke gestohlen hat?«

»Ich merke, dass Sie im Bilde sind. Der Besitzer hat sich die Blätter ja zurückgeholt. Kolatschke hat dabei eine ziemliche Portion Prügel bezogen.«

»Die blutige Kleidung in der Altkleidersammlung?«

»Ja. Cortez ist nicht zimperlich«, stellte Sterner fest.

»Und wenn schon«, verteidigte ich den Argentinier. »Kolatschke war ein Dieb und Ausbeuter.«

»Cortez kann verprügeln, wen er will. Ich bin nur an dem Bild intererssiert.«

»Wenn er es wirklich hätte, dann gehört es ihm. Wollen Sie es ihm stehlen?«

Sterner lachte. »Erklären Sie es ihr«, meinte er zu Thaler gewandt.

»Jemand hat dieses Bild angeboten – für 100 Millionen Mark. Er gibt genug Interessenten, doch es muss natürlich geprüft werden, ob das Gemälde echt ist.«

»Wer hat das Bild angeboten?«

»Wir glauben, dass dieser Anbieter hier ganz in der Nähe ist – genauso wie das Bild«, sagte Thaler.

»Wir?«

»Herr Thaler und ich arbeiten zusammen.«

»Was heißt das?« Langsam fühlte ich mich übertölpelt.

»Ich arbeite hauptberuflich als Ermittler für eine große Versicherung«, erklärte Sterner. »Mein Arbeitgeber versichert Kunstwerke. Nicht irgendwelchen Kleinkram, sondern teure Kunst, die Millionen wert ist. Gauguin, Matisse, Monet und natürlich van Gogh. Und bevor solche Werte versichert werden, müssen sie auf ihre Echtheit überprüft werden.«

»Ja und? Dann warten Sie doch, wenn der angebliche Anbieter das Bild vorlegt und prüfen es dann«, schlug ich vor.

»Das geht nicht«, mischte sich Thaler ein. »Der Anbieter des Bildes will anonym bleiben. Es gibt also keine Zeit, die Echtheit zu prüfen, weil das Bild vor dem Kauftermin nicht da ist. Und wenn wir's prüfen könnten, dann ist der Anbieter verschwunden. Haben Sie's bis hierher verstanden?«

»Der Sachverhalt überfordert mich intellektuell noch nicht. Warum wollen Sie das Bild denn überhaupt haben? Wenn der Anbieter es nicht prüfen lässt, dann verzichten Sie doch auf das Geschäft.«

»Wir kennen einen Interessenten, der das Bild um jeden Preis haben will. Er zahlt sogar die 100 Millionen dafür«, sagte Sterner.

»Ich dachte, Sie arbeiten für eine Versicherung«, wunderte ich mich. »Oder verkauft diese Versicherung die Dinge auch, die von ihr versichert werden?«

»Wir sind ein so genannter Mischkonzern«, erklärte der Maler, »unter dem Dach einer Holding.«

»Frau Grappa hat das Bild gesehen«, sagte Thaler. »Vielleicht kann sie es beschreiben?«

»Ich weiß nicht, was mein Kollege will. Natürlich habe ich das Bild nicht gesehen. Thaler ist von der fixen Idee besessen, dass Cortez das Bild besitzt. Gerade er wäre aber der Letzte, der mit einem Kunstwerk Geschäfte macht«, behauptete ich. »Er liebt die Kunst und hasst deren Vermarktung.«

»Soll ich Ihnen mal was über Cortez erzählen?« Sterners Stimme war hart.

»Wenn Sie wollen.«

»Er ist als Kunstfälscher bekannt. Viele Bilder der französischen Impressionisten, die in den Museen der Welt hängen, stammen von ihm.«

»Ich glaube Ihnen kein Wort«, rief ich empört.

»Und jetzt will er das ganz große Geschäft machen. Ich bin davon überzeugt, dass der *Bauer im Melonenfeld* eine Fälschung ist.«

»Dann fahren Sie doch wieder nach Hause«, riet ich Sterner. »Was hält Sie noch hier?«

»Leider ist unser Kunde ganz verrückt auf diesen Van-Gogh. Er will ihn haben – gegen meinen Rat natürlich.«

Mir dämmerte etwas. Hatte nicht Thaler mal in Zusammenhang mit seiner Syndikatsrecherche einen Namen fallen lassen ... Ich versuchte es: »Ich nehme an, dass Sie von Albert Fournier sprechen. Dann muss er das Risiko eben eingehen«

Sterner schaute mich überrascht an. »Woher kennen Sie diesen Namen?«

»Recherche«, meinte ich knapp.

Erst jetzt bemerkte ich, dass Thaler nicht mehr bei uns saß. Er war ins Haus gegangen.

»Also – warum sind Sie hier? Um ein gefälschtes Bild zu begucken?« Ich wollte nur eins – Sterner so schnell wie möglich loswerden. Immerhin hatte ich heute noch viel zu tun. Die New Yorker Kunstzeitschrift wartete.

Sterner sah auf. Thaler trat aus der Terrassentür heraus und kam zu uns. Er lächelte.

»Hier sind Fotos des Gemäldes«, sagte er und blätterte die Bilder auf den Tisch, die ich in meinem Koffer versteckt hatte. »Das Bild sieht einem echten Van-Gogh verblüffend ähnlich. Oder, Sterner?«

Aber den Weg, den ich gehe, muss ich einhalten; wenn ich nichts tue, wenn ich nicht studiere, wenn ich nicht suche, dann bin ich verloren. Dann wehe mir!

Der Hauch der Kunst

Mein Wutanfall dauerte mindestens eine Viertelstunde. Thaler und ich hatten uns allerhand Beleidigendes an die Köpfe geworfen, während Sterner still und mit völliger Konzentration über den Fotografien brütete. Wir hatten ihn in unserer Rage völlig vergessen.

»Es ist unglaublich«, stieß der Maler nach einer Weile hervor. Seine Miene spiegelte innere Erschütterung wider.

»Was?«, fragten Thaler und ich gleichzeitig.

»Das Bild scheint wirklich echt zu sein«, flüsterte Sterner heiser. Als er aufsah, bemerkte ich Tränen in seinen Augen.

Thaler und ich sahen uns entgeistert an.

»Echt? Wie können Sie das wissen?«, nörgelte Boris Thaler. »Sie haben mir doch mal erklärt, dass die Echtheit eines Kunstwerkes nur durch ausgefeilte Analysen festzustellen sei. Und jetzt fallen Sie auf ein Foto rein ...«

»Mein Bauch sagt mir, dass es ein echter Vincent ist.« Sterner lehnte sich völlig erschöpft gegen den Stamm des Maulbeerbaumes.

»Ach du lieber Himmel, jetzt kommt auch noch Ihr dicker Bauch ins Spiel«, höhnte Thaler. »Ich fasse es nicht! Wo bin ich hier eigentlich gelandet? Erst diese durchgeknallte Grappa und jetzt Sie!«

»Halten Sie Ihre dämliche Klappe«, riet ich ihm. »Sonst verschönere ich Ihren Roadster mit einem schmucken Kratzrelief.«

Ich griff zu einer Gabel, die auf dem Tisch lag.

»Sie sind nicht nur durchgeknallt, sondern auch hochgradig hysterisch«, attestierte mir Thaler. »Wer an mein Auto will, muss erst mich beseitigen!«

»Kein Problem«, sagte ich und ging mit erhobener Gabel auf ihn zu.

»Aufhören!«, schrie Sterner. »Endlich aufhören! Ich lasse mir diesen Moment von niemandem kaputt machen!« Der Maler hatte sich vor uns aufgebaut, die Farbe seines Gesichtes war knapp ampelrot, die Mundwinkel zitterten und sonderten Schaum ab, die Hände zitterten wie ein Lämmerschwanz.

»Was ist denn mit dem los?«, meinte Thaler verblüfft.

»Ganz ruhig!«

Erschrocken hatte ich die Gabel sinken lassen. Den kannst du in den nächsten Tagen noch umbringen, dachte ich grimmig und warf Thaler einen giftigen Blick zu.

»Haben Sie einen Calvados?«, fragte Sterner flehend. »Oder einen Pastis? Ich brauche dringend was für den Magen. Das Großartige dieser Kunst macht mich ...«

»Sie alter Säufer!«, schimpfte Thaler.

Ich stand auf, um in der Küche nach dem Calvados zu schauen.

»Warum gebe ich mich bloß mit solchen Losern ab?«, setzte Thaler seine Schimpfkanonaden fort.

»Mir reicht's!«, brüllte ich von der Küche aus in den Garten.

»Wir wollten einen Fälscher entlarven, erinnern Sie sich?« Thaler war nicht zu stoppen. »Ich investiere meine Zeit nicht in das larmoyante Gejammer eines alten Mannes.«

»Haben Sie denn überhaupt kein Herz?« Ich stand wieder am Tisch und reichte Sterner das Getränk. »Dieser Mann hier steht kurz vor einem Herzinfarkt. Verbuddeln Sie seine Leiche im Garten, wenn er den Löffel abgibt?«

Die Aussicht auf körperliche Arbeit ließ Thaler sofort ein bisschen ruhiger werden.

»Auf Vincent!« Sterner hob das Glas und ließ einen dramatischen Blick über die Berge des Lubéron schweifen. Dann kippte der nebenberufliche Porträtmaler den Calvados in fast einem Zug hinunter, schüttelte sich wie ein nasser Hund und krähte nach einem weiteren Getränk.

»Oh, Vincent! Würdest du doch unter uns weilen!«, rief er mit großer Gebärde aus.

»Sehen Sie!« Ich deutete auf den noch immer völlig beeindruckten Maler. »Er hat den Hauch der Geschichte gespürt.«

»Sentimentaler Opa! Mir langt's. Ich gehe auf mein Zimmer.« Thaler drehte ab und ließ uns stehen.

»Noch einen!«, bettelte Sterner. »Ich will noch einen!«

Ich tippte messerscharf, dass er den Calvados meinte, und holte Nachschub.

»Ich muss dieses Bild sehen!«, jammerte Sterner. »Bitte, Frau Grappa, sagen Sie mir, wo es ist. Bringen Sie mich hin, meinetwegen mit verbundenen Augen ...«

»Beruhigen Sie sich. Trinken Sie erst mal was.«

Sterner widersprach nicht. Ich schob ihn zum Stuhl, damit er sich setzen konnte.

»Und jetzt sagen Sie mir, warum Sie glauben, einen echten Vincent-van-Gogh vor sich zu haben«, forderte ich ihn auf und hielt ihm ein Foto vor die Nase. »Nur Ihr Bauch als Beweis ist ja wohl wirklich ein bisschen wenig. Da hat Thaler ausnahmsweise mal Recht.«

Sterners Hände waren wieder ruhig, als er nach dem gefüllten Glas griff. Ich hatte mir einen Kaffee mitgebracht.

»Es ist der Geist, der über dem Bild schwebt.«

»Wo schwebt was?« Ich betrachtete das Foto.

»Vincent war ein Maler, der die Natur tief verehrt hat und damit auch den Menschen, der mit dieser Natur und von ihr lebt. Das Sujet ist also typisch für ihn. Der Bauer, der von der Erde und ihren Produkten abhängig ist. Natur zwischen Bändigung und Wildheit. So hat nur van Gogh es darstellen können.«

»Ein Beweis für eine Fälschung«, wandte ich ein. »Je typischer, je falscher.«

»Es ist nicht so perfekt, wie Sie vielleicht glauben.«

Der Alkohol zeigte Wirkung, Sterners Zunge lag schwer im Mund.

»Etwas stört«, sagte er und deutete auf die Kirche am Horizont. »Ich habe so viele Van-Gogh-Bilder begutachtet, dass ich weiß, dass Vincent die Kirche so nicht ins Bild gesetzt hätte.«

»Also ist das Bild doch falsch?«

»Nein – ganz im Gegenteil. Fälscher hätten einen solchen Fehler nicht riskiert. Der Umkehrschluss ist also?«

»Dass nur Vincent selbst den angeblichen Fehler gemacht haben kann«, sagte ich. »Was aber, wenn der Fälscher diesen Gedanken auch gehabt hat?«

»Nicht schlecht, Frau Grappa«, stellte Sterner fest. »Für eine Frau denken Sie ziemlich logisch.«

Thalers verbale Unarten hatten offenbar auf Sterner abgefärbt. Männern muss irgendwas im Gehirn fehlen, das sie daran hindert, Frauen ernst zu nehmen, sinnierte ich.

»Es kommt aber noch einiges andere hinzu«, dozierte Sterner weiter. »Die gewisse Fahrigkeit und Unkonzentriertheit im Pinselstrich deutet darauf hin, dass dieses Bild ein spätes Werk des Malers ist. Immerhin war Vincent bis zu seinem Tod in einem sehr schlechten Gesundheitszustand. Er hatte Kreislaufbeschwerden, einen Lungenschaden und immer wieder Anfälle von Depressionen und Wahnsinn. Er war verrückt, aber körperlich zumindest so fit, dass er jeden Tag zwei bis drei Bilder malen konnte.«

»Wenn es ein spätes Bild ist, dann muss sich das Melonenfeld in der Nähe seines letzten Aufenthaltsortes befinden«, warf ich ein. »Und der war hier ganz in der Nähe. In Saint-Rémy. Wir suchen das Melonenfeld. Vielleicht ist es ja heute noch zu finden.«

»Und wie wollen Sie das machen?«

Thaler stand plötzlich hinter uns. Er hatte seinen Schmollwinkel verlassen und sich wieder zu uns gesellt.

»Wir müssen die Einheimischen fragen«, schlug ich vor. »Bester Anhaltspunkt ist die romanische Kirche – hier links oben im Bild.«

Ich hob das Foto in die Höhe und fuhr fort: »Wir fahren nach Cavaillon. Dort gibt es ein berühmtes Melonenrestaurant. Ich hab's in einem Reiseführer gelesen. Der Besitzer heißt Jean-Jacques Prébois. Er weiß alles über die

Melonen von Cavaillon, hat ein Melonen-Fest erfunden und seine Frau muss sich an hohen Festtagen *à là melon* frisieren. Originell, nicht?«

»Die arme Frau. Muss ja toll aussehen – so eine Kugelbombe auf dem Schädel. Frauen sind schon eine ganz besondere Rasse Mensch!« Thaler grinste breit.

»Aber die Idee ist wirklich nicht schlecht«, gab er schnell zu, als sich meine Miene wieder zu verfinstern begann. »Ich bestell mal einen Tisch in dem Schuppen. Für mittags. Danach können wir das Feld suchen. Und geben Sie dem Opa bis dahin keinen Schnaps mehr.«

Ich blickte zu Sterner. Für ihn schien alles zu spät zu sein. Sein Kopf lag in der prallen Sonne auf dem Steintisch. Er hatte die Augen geschlossen und schnarchte leise.

Ich entschied, eine kleine Siesta in meinem Zimmer abzuhalten, denn ich musste ja noch den ersten Schritt von Cortez' Plans einleiten.

Also schaltete ich oben meinen Laptop ein und aktivierte das Fax-Modem. Dann entwarf ich einen Text an den Chefredakteur des amerikanischen Kunstmagazins, in dem ich von dem plötzlichen Auftauchen eines bislang unbekannten Van-Gogh-Bildes berichtete. Dieses Werk solle aber nicht verkauft, sondern der Kunstwelt nur vorgestellt werden. Ob seine Zeitschrift an einer Exklusivstory interessiert sei. Falls wir uns einigen würden, bekämen Experten seiner Zeitung Gelegenheit, das Bild zu sehen und zu prüfen. Ein Foto des Gemäldes ginge in den nächsten Tagen an ihn ab. Ich gab meine Handy-Nummer an, tippte die New Yorker Fax-Nummer ein und sendete den Text.

Dann rief ich Peter Jansen beim *Bierstädter Tageblatt* an.

»Ich bin einer großen Story auf der Spur«, begann ich.

»Das will ich auch hoffen«, muffelte er. »Dann erzähl mal.«

Ich gab ihm eine Kurzfassung der Ereignisse, doch seine Reaktion war mehr als verhalten.

»Mensch, Grappa«, stöhnte Jansen. »Was hat das alles mit Bierstadt zu tun? Wir sind eine Lokalzeitung und unsere Leser halten van Gogh für 'ne Käsesorte aus Holland.«

»Kolatschke musste wegen dieses Bildes sterben«, behauptete ich, »und der Tote an der Spielbank hatte auch mit der Sache zu tun. Kolatschke und Stenzel wollten das Bild klauen. Immerhin geht es um einen 100-Millionen-Deal. Ist das etwa nichts?«

»Und wenn das Bild eine Fälschung ist?« Jansen war einfach nicht zu beeindrucken. »Matisse hat 2.000 Bilder gemalt, von denen sich 4.000 in den USA befinden. Weißt du, wer das gesagt hat?«

»Nö.«

»Kujau. Der Fälscher der Hitler-Tagebücher. Und der muss schließlich wissen, wie es in der Szene aussieht.«

»Ich habe einen Experten zu Rate gezogen«, übertrieb ich. »Auch er ist davon überzeugt, dass das Bild echt ist. Und jetzt kommt der Clou ...«

Ich machte eine Pause – in der Hoffnung, Jansens Interesse endlich aktivieren zu können. Aber es tat sich nichts am anderen Ende der Leitung.

»Der Besitzer will das Bild behalten«, fuhr ich fort. »Und gleichzeitig bietet ein Unbekannter den Van-Gogh zum Kauf an. Und dann ist da noch der dubiose Sammler, der das Gemälde um jeden Preis haben muss. Ist das nicht spannend?«

»Na ja.«

»Verstehst du denn nicht? Die Jagd auf einen Schatz hat begonnen. Außerdem ist auf mich geschossen worden.«

»Was?« Endlich sprang der Funke über.

»Ich saß mit dem Besitzer des Bildes in einem Café in Arles, als plötzlich auf uns geballert wurde.«

»Ich hab's in der *Tagesschau* gesehen«, erinnerte sich Jansen. »Und du hast da gesessen?«

»Zum Glück ist mir nichts passiert, weil ich mich auf den Boden habe fallen lassen«, erzählte ich.

»In der *Tagesschau* hieß es, der Täter habe absichtlich in die Luft geschossen. Er wollte dir wohl nur Angst einjagen.«

»Na siehst du. Immerhin ist jemand daran interessiert, dass ich mich aus dem Fall heraushalte.«

»Was willst du über die Sache schreiben?« Endlich stellte er die einzig wichtige Frage.

»›Tageblatt-Reporterin auf der Jagd nach einem verlorenen Schatz‹«, formulierte ich die Überschrift. »Oder: ›Tageblatt-Reporterin verhindert Raub eines 100-Millionen-Bildes des Malers van Gogh‹. Und die Todesfälle kann ich bei der Gelegenheit auch noch aufklären.«

»Prima, Grappa«, sagte Jansen. »Da hast du ja mal wieder volles Programm. Willst du nebenbei nicht noch die französische Regierung stürzen oder den Doping-Vorwürfen während der *Tour de France* nachgehen?«

»Kein Problem. Dann müsste ich noch ein oder zwei Wochen dranhängen. Übernimmst du die Spesen?«

Ich kann im Leben und auch in der Malerei sehr gut ohne den lieben Gott auskommen, aber ich, ein leidender Mensch, kann nicht auskommen ohne etwas, das größer ist als ich, das mein ganzes Leben ist – die Schaffenskraft. Ich möchte Männer und Frauen mit dem gewissen Ewigen malen, wofür früher der Heiligenschein das Symbol war und das wir durch das Leuchten unserer Farben auszudrücken versuchen.

Im Zeichen der Melone

Es war schwer, Joe Sterner wieder auf die Füße zu kriegen, doch wir schafften es. Thaler hielt den Kopf des Malers über der Badewanne fest, ich öffnete die Brause und ließ kaltes Wasser über ihn laufen. Nachdem er den Kälteschock überwunden hatte, begann er wie am Spieß zu schreien.

Leider half uns das alles nicht weiter. Als Sterner im

Garten stand, erblickten seine rotgeäderten Augen den Liegestuhl, den er umgehend überraschend zielsicher ansteuerte und in Beschlag nahm. Sekunden später war er weggeschnarcht.

»Und was nun?«, fragte ich Thaler.

»Wir machen's ohne ihn«, sagte er ungerührt. »Dann können wir wenigstens mit meinem Roadster fahren. Der hat nämlich nur zwei Plätze.«

»Ist mir noch gar nicht aufgefallen.«

»Wollen Sie sich einen Hut aufsetzen? Ich hatte vor, meine 140 PS voll auszufahren. Ihre Haare sind danach nicht mehr dieselben.«

»Tun Sie sich keinen Zwang an«, meinte ich völlig unbeeindruckt. »Ich bin überhaupt nicht eitel. Notfalls haben Sie doch einen Kamm für mich in Ihrem Schminktäschchen, oder?«

»Das ist kein Schminktäschchen«, protestierte Thaler empört. »Das ist ein Überlebens-Set!«

»Mit Nagelfeile und Herrenparfum?«

Thaler überhörte meinen Einwand, denn er war vollauf damit beschäftigt, den Deckel seines Autos aufzuklappen. Als das Dach verschwunden war, umrundete Thaler sein Fahrzeug per pedes.

»Ein Hund hat an meinen Reifen gepinkelt«, jammerte er plötzlich. »Das war wieder einer dieser widerlichen Köter, die hier haufenweise herumstreunen. Ich brauche Wasser.«

»Weihwasser? Mineralwasser? Oder Leitungswasser?«

»Leitungswasser genügt.«

»Schön.« Ich ließ mich auf den Beifahrersitz fallen.

Thaler stutzte.

»Der Wasserhahn ist in der Küche«, half ich ihm. »Der Putzeimer steht unter der Spüle – aber das wissen Sie ja bereits.«

»Sie sind eine herzlose Frau«, stellte Thaler fest. »Aber – lassen wir das jetzt. In einer guten halben Stunde müssen wir in Cavaillon sein. Jean-Jacques Prébois wartet auf uns. *Allons-y*.«

Ich warf noch einen Blick auf Sterner, der in der prallen Sonne schnarchte. Sein Blumenhemd war hochgerutscht und hatte einen schwabbeligen, graubehaarten Bauch freigelegt. Er hatte nur noch einen Schuh an, die weiße Baumwollsocke war im Bereich des großen Zehs kräftig gelocht.

Bald würde gnädiger Schatten seine Elendsgestalt vor den Blicken der Landbevölkerung verbergen.

Thaler strich sein Haar zurück, setzte eine Armani-Sonnenbrille auf die Nase und startete mit viel Getöse. Ich war schwer beeindruckt.

Das Restaurant von Jean-Jacques Prébois, dem Melonenmann, lag inmitten des Ortes Cavaillon. Wir bekamen einen Parkplatz direkt vor dem Haus.

Das Lokal war teuer eingerichtet, etwas voluminös und altertümlich, eher nobel als chic. Prébois erwartete uns – Thaler hatte uns als Journalisten aus Deutschland avisiert, die über sein Restaurant schreiben wollten.

Der Melonenmann war ein agiler, lebhafter Franzose mit einem kleinen S-Sprachfehler, lustigen, immer umherschweifenden schwarzen Augen. Er trug einen hellen Panamahut und war weiß gekleidet.

»*J'aime bien les formes rondes*«, schwärmte er und blickte in meinen Ausschnitt. »*J'aime bien tous les melons du monde.*«

Ich tat ihm den Gefallen und atmete tief durch. Da er kleiner war als ich, hatte er einen prima Blick auf meine Hügellandschaft.

Beschwingt führte er uns zu einem schön platzierten Tisch, der etwas abseits lag.

Doch Thaler bat um den Tisch direkt am Fenster – damit er seinen Roadster im Blick hatte und ihn notfalls gegen räuberische Attacken verteidigen konnte.

»Heilige Einfalt«, stöhnte ich. »Vielleicht kann er den Tisch ja raustragen und direkt vor Ihrer Kiste aufbauen.«

Um des lieben Friedens willen setzten wir uns an den Tisch ans Fenster. Draußen brannte die Sonne auf die schwarzen Ledersitze des Sportwagens.

Prébois teilte uns mit, was die Küche Schönes zu bieten hatte. Wir sagten ihm, dass wir uns auf sein fachmännisches Urteil und seine Kochkunst verlassen würden. Als Wein wählte ich einen kühlen weißen Bordeaux.

Die Apéritifs kamen. Champagner, in dem winzige, gelbe Melonenkügelchen trudelten. Eine umwerfend köstliche Kombination!

Als *amuse geule* folgte Leberpastete an Melonenschaum mit fein geraspelten schwarzen Trüffeln. Mein Entzücken wuchs.

Die Champagnergläser wurden abgeräumt, jetzt ein Glas Wasser, um die Zunge zu läutern.

»Zeigen Sie ihm das Foto«, raunte mir Thaler zu, als sich Prébois wieder unserem Tisch näherte.

Ich lächelte den Melonenmann an, lobte das Entrée in höchsten Tönen und kam dann auf die Melonenernte an sich zu sprechen.

Prébois erzählte, dass er viele Melonenfelder besäße, die er mir gern sehr bald zeigen würde, ich solle nur sagen, wann.

Ich lächelte angetan und hielt ihm dann das Foto des Gemäldes hin, mit der schlichten Frage verknüpft, ob ihm jenes Melonenfeld bekannt sei.

»*Connaissez-vous cette petite chapelle romaine*?« Ich deutete auf die kleine Kirche, die sich vor dem Horizont und unter dem Sonnenball erhob.

Prébois erbleichte. Er starrte auf das Foto, dann wieder auf mich – diesmal aber in mein Gesicht – seine Blicke wanderten dann zu Thaler und die Sehreise begann von vorn.

»*Qu'est-ce que vous avez, monsieur*?«, fragte ich.

Endlich fand der Melonenmann die Worte wieder. Woher wir dieses Foto hätten, wollte er wissen.

Ich sagte, dass ich es von einer amerikanischen Kunstzeitschrift erhalten hätte, die demnächst über dieses Bild berichten würde. Es handele sich um ein bislang unbekanntes Werk des Malers van Gogh mit dem Titel *Bauer im Melonenfeld*.

Es schien, als würde Prébois gar nicht richtig zuhören. Irgendetwas ging in ihm und mit ihm vor.

»*Où se trouve cette petite église*?«, wiederholte ich die Frage nach der Kirche, dem einzigen Anhaltspunkt, nach dem der Ort zu identifizieren gewesen wäre.

»*Je ne sais pas*«, krächzte Prébois. »*Je n'ai jamais vu cette chapelle.*«

»Er weiß angeblich nichts«, raunte ich Thaler zu.

»Ich hab's verstanden«, sagte er. »Glauben Sie ihm?«

»Nein. Es hat ihn getroffen wie ein Schlag«, stellte ich fest. »Hier stimmt was nicht – aber wir scheinen auf der richtigen Spur zu sein.«

»Wir müssen jemand anderen fragen. Wenn wir gegessen haben, fahren wir zu dem Bauernmarkt, der am Ortseingang stattfindet. Dort verkaufen die Einheimischen ihre Produkte. Es wäre doch gelacht, wenn niemand diese Kirche kennt!«

»Gute Idee!«, lobte ich. »Manchmal können Sie richtig pfiffig sein. Und was gibt's jetzt zu essen?«

Und schon stellte eine Kellnerin zwei Salatteller vor uns.

»Prébois hat es wohl vorgezogen zu verschwinden«, bemerkte Thaler.

Der Salat bestand aus Raukeblättern, fein geschnittenem Fenchel, grellroten Tomatenwürfeln, frischen Kräutern und würzig eingelegten Melonenschnitzen. In der Vinaigrette waren Schalotten, Knoblauch, Olivenöl, Weinessig und ein paar Spritzer Zitrone. Wir vertilgten das Grünzeug.

»Jetzt bin ich gespannt, was als Hauptgericht kommt«, sagte ich zufrieden. Ich hatte selten so gut gegessen.

Ich sah mich um. An den Wänden hingen Bilder – Ölgemälde, Grafiken, Collagen und Aquarelle, die alle eins gemeinsam hatten: Auf ihnen war wenigstens eine Melone abgebildet.

Ein Bild gefiel mir besonders gut: Es zeigte einen Schimpansen, der wie ein Sarotti-Mohr angezogen war. Der Affe machte sich gerade über eine Melone her. Er puhlte mit Fingern das Fleisch aus der Frucht und war über und über mit Melonenkernen geschmückt. Das Bild war so kitschig, dass es schon wieder schön war.

In den Vitrinen, von denen einige offen, andere verglast waren, standen Erzeugnisse des Porzellan- und Keramikhandwerks: Tassen in Form von oben gekappten Melonen, Suppenterrinen in Melonenform, bemalte Teller mit fein oder grob ausgemalten Melonen-Stillleben aller Art.

Die Kellnerin – sie musste eine nahe Verwandte des Melonenmanns sein, denn sie hatte dessen untersetzte, muskulöse Gestalt und noch prallere Melonen als ich in der Bluse – rückte mit dem Hauptgericht an: gegrillte Riesengarnelen in einem Melonenbett, dazu Aioli und scharf gebackene gelbe Paprika mit gedünsteten Tomaten.

Thaler und ich vergaßen unsere Mission und schlugen uns die Bäuche voll. Irgendwann störten die Melonen nicht mehr.

Ich hatte gerade die letzten Garnele vertilgt, als mein Handy klingelte. Es war besser, mich vors Restaurant zu verdrücken, wer weiß, wer dran war.

»Maria«, sagte Cortez. »Wie geht es dir?«

»Danke, gut.«

»Hast du schon etwas erreicht?«

»Ja, ich habe das Fax abgesetzt und warte auf Antwort. Übrigens – wir haben einen Verbündeten.«

»Wie meinst du das?«, fragte er erschrocken.

»Du kennst doch Sterner«, plapperte ich drauf los. »Er ist Kunstgutachter. Er ist davon überzeugt, dass der Van-Gogh echt ist.«

»Ich weiß, dass er echt ist. Wie kommt Sterner zu dieser Auffassung?«

»Er hat das Bild gesehen.«

»Was?«, fragte Cortez entsetzt. »Du hast ihm das Foto gezeigt? Das war gegen unsere Vereinbarung!«

»Ich kann nichts dafür«, versuchte ich kleinlaut zu erklären. »Thaler hat die Bilder gefunden. Ich hatte sie nicht gut genug versteckt.«

»Das ist gar nicht gut«, sagte Cortez leise.

Ich merkte, dass er sauer war. »Glaub mir, ich hab's nicht gewollt«, wiederholte ich. »Sterner arbeitet für eine große Versicherung. Er hat mir erzählt, dass ein Sammler hundert Millionen für den *Bauern in Melonenfeld* bietet.«

»Das Bild ist unverkäuflich«, meinte Cortez reserviert. »Das weißt du genau.«

»Und wie kommt es, dass ein Unbekannter das Gemälde zum Verkauf anbietet?«

»Was?« Cortez' Stimme klang entsetzt.

»Du wusstest das nicht?«

»Wie sollte ich?«

Ich spürte Erleichterung. Zwischendurch hatte ich mal daran gedacht, dass Cortez der anonyme Anbieter sein könnte und ein falsches Spiel mit mir treiben würde.

»Du hast wirklich keine Ahnung?« Ich wollte es ganz genau wissen.

»Das Bild wird nicht verkauft. Und damit basta.«

»Dann ist es gut. Ich dachte schon ...« Ich schämte mich meiner Gedanken.

»Du musst Vertrauen zu mir haben«, bat Cortez. »Sonst hat unsere Zusammenarbeit keinen Sinn. Glaubst du mir?«

»Okay.«

»Wo bist du jetzt? Im Haus?«

»Nein. Ich bin mit Thaler nach Cavaillon gefahren. Wir suchen das Melonenfeld, das auf dem Gemälde abgebildet ist.«

»Ach ja? Und? Habt ihr es gefunden?«

»Noch nicht. Wir essen gerade zu Mittag. Bei Jean-Jacques Prébois, dem Melonenmann.«

»Prébois?«

»Aber er kennt das Feld und die Kirche auch nicht.«

»Was? Du hast ihm das Bild auch gezeigt?«

»Sicher. Was sollte ich sonst machen?«

»*Quelle bêtise*! Vielleicht sollten wir es in der gesamten Provence verteilen ...« Cortez war jetzt richtig sauer.

»Tut mir Leid«, sagte ich zerknirscht.

»Oh, Maria. *Ce n'est pas possible*! Deine Aktionen bringen mich in Schwierigkeiten.«

»Was meinst du?« Ich verstand nicht.

»Warum vertraust du wildfremden Menschen?«

»Wieso nicht?«

»Wie hat Prébois denn reagiert, als er das Foto gesehen hat?«

»Ziemlich merkwürdig. Er wurde blass und ließ sich nicht mehr blicken.«

»Siehst du.«

»Hab ich was falsch gemacht?«

»Ja, so ziemlich alles, was du falsch machen konntest.«

Ich schwieg.

»Maria?«

»Ja.«

»Nimm's nicht tragisch. Es wird schon gut ausgehen. Ich melde mich wieder. Wann rechnest du mit der Antwort aus New York?«

»Keine Ahnung. Vielleicht morgen.«

»Gut. Ich wünsche dir noch einen schönen Tag.«

Etwas betroffen ging ich ins Restaurant zurück. Thaler hatte seinen Teller leer geputzt, mir war der Appetit vergangen.

»Und? Erzählen Sie!« Jetzt fing Thaler auch noch an, mich zu löchern.

»Nichts«, log ich. »Es war Peter Jansen. Er wollte fragen, wie's mir so geht.«

»Der gute alte Jansen«, sinnierte Thaler. Es hörte sich nicht nett, sondern verächtlich an.

»Ist Prébois wieder aufgetaucht?«, änderte ich das Thema.

»Ja. Er wollte wissen, warum wir uns nach dem Feld erkundigt haben.«

»Und?«

»Ich hab's ihm nicht gesagt und so getan, als verstünde ich kein Französisch.«

»Gibt's noch Nachtisch?« Ich hatte jetzt doch plötzlich eine Riesenlust auf was Süßes – möglichst ohne Beteiligung einer Melone.

Kaum hatte ich's gesagt, schleppte die Kellnerin Meloneneis an, um das kandierte Melonenkügelchen drapiert waren.

»Langsam gehen mir die Melonen auf den Zeiger«, raunte ich Thaler zu. »Man kann alles übertreiben.«

»Gucken Sie mal da!«

Thaler deutete zum Fenster. Prébois war aus dem Restaurant gelaufen und hatte sich in einen Wagen gesetzt, der hinter Thalers Roadster geparkt stand. Das Fahrzeug scherte auf die Straße und brauste davon.

»Wo will der denn hin?«, fragte Thaler.

»Unser Auftauchen hat ihn ganz schön fertig gemacht«, stellte ich fest. »Lassen Sie uns schnell zu Ende essen, damit wir die Leute auf dem Bauernmarkt befragen können.«

Gesagt, getan. Die Rechnung war gesalzen. Ich bezahlte umgerechnet 350 Mark für die beiden Menüs. Hoffentlich erkennt Jansen die Rechnung als unvermeidbare Spesen an, dachte ich. Essen mit einem Informanten. Er brauchte ja nicht zu wissen, dass Boris Thaler dieser Mitesser war – jener Mann, der nicht nur die Politikerserie so schnöde geschmissen, sondern auch noch seinen Job aufgekündigt hatte, um mir hier gehörig auf die Nerven zu gehen.

Ich glaube fast, diese Bilder werden euch sagen, was
ich in Worten nicht sagen kann, nämlich was ich
Gesundes und Kraft Gebendes im Landleben erblicke.

Honig und Oliven

Der Markt war nicht groß, doch es wurden all die Produkte angeboten, die die Provence und Frankreich hervorbrachten: Oliven in unglaublicher Vielfalt und verschieden eingelegt, Knoblauch in prallen Knollen, knallrote Tomaten, frische Feigen, Lavendelhonig, Eichenhonig, ›Miel de mille fleurs‹ und – mir lief das Wasser im Mund zusammen, als ich sie sah – die Käsespezialitäten: Tomme du pays, Banon, Roquefort, Fromage du chèvre, Chaource, Munster und einige Hartkäse, deren Namen ich nicht kannte, die aber alle aussahen, als müsste man vor Wonne vergehen, wenn sie auf die Zunge gelangten.

Hinter den Ständen warteten die Bauern und Bäuerinnen auf Kunden. Fröhlich und laut unterhielten sie sich miteinander. Ich verstand wenig – sie sprachen mit dem harten südfranzösischen Akzent.

»*Conaissez-vous cette petite chapelle*?«, versuchte ich es an einem Honigstand.

Die Frau, die auf einem dreifüßigen Sitz thronte, betrachtete das Foto, schüttelte den Kopf und reichte es ihrer Nachbarin weiter, die vor hölzernen Bottichen mit eingelegten Oliven und Schafskäse saß.

»*C'est à côté de Saint-Rémy*«, sagte ein Mann, der hinter die Frau getreten war. »*A peu près à cinq kilomètres de la ville.*«

Ich reichte dem Mann die Straßenkarte und bat ihn, mir die genaue Stelle zu zeigen, was er auch tat.

»Also los!«, sagte Thaler.

»Noch nicht«, widersprach ich. »Wir brauchen noch etwas zu essen. Für heute Abend. Was wollen wir kochen? Sterner ist schließlich auch noch da. Nach dem vielen Alkohol braucht der arme Teufel was Ordentliches auf die Gabel. Also – was soll ich kaufen?«

»Keine Ahnung.«

»Salat, ein paar Lammkoteletts und Käse. *D'accord*?«

Thaler zuckte die Schultern.

Eine Viertelstunde später hatte ich alles beisammen und packte die Einkäufe ein.

»Können wir jetzt endlich?« Thalers mürrische Miene sollte mir den Tag nicht wieder verderben – nahm ich mir vor.

»Sicher.«

Wir erklommen den Roadster. Das Nachwuchstalent startete und tat das, was es am liebsten tat: Gas geben.

Kurze Zeit später erreichten wir die Kapelle.

Ich hielt den Atem an. Das Licht des beginnenden Nachmittages war mild, die niedrigen Mauern strahlten von innen. Es war eine bäuerliche Kirche, gebaut von Menschen, die nicht besonders viel Geld hatten und die dennoch etwas schaffen wollten, um ihren Gott zu verehren. Der Stil war eindeutig romanisch, niedrig, breitbeinig und mit klaren, einfachen Formen.

Ich lief um die Kapelle herum, rüttelte an der von Sonne und Wind gebeutelten Tür – sie war verschlossen.

Eine vergilbte Erklärtafel war an eine Außenwand geheftet. Die kleine Kirche stammte aus dem 11. Jahrhundert, war durch Brände immer wieder geschädigt, aber nicht ganz zerstört worden, hatte mal mehr und mal weniger Bedeutung für die Gottesanbetung in diesem Landstrich gehabt. Ende des neunzehnten Jahrhunderts war der Chor restauriert und vergrößert worden. Eine Jahreszahl in der Mauer nannte die Ziffer 1892.

»Jetzt müssen wir den Blickwinkel des Malers finden«, sagte ich und hielt mir das Foto unter die Augen.

»Hier entlang!«, kommandierte Boris Thaler. Er deutete auf ein Feld.

»Das kann doch nicht wahr sein«, brach es erstaunt aus mir heraus. »Van Gogh hat das Bild vor über hundert Jahren gemalt – und hier werden noch immer Cavaillon-Melonen angebaut!«

»Auf dem Land vergeht die Zeit eben nicht so schnell«, verkündete Thaler. »In unseren Breiten hätte eine Autobahn dieses Feld längst verdrängt.«

»Hier ist es! Von hier aus muss Vincent den *Bauern im Melonenfeld* gemalt haben«, stellte ich begeistert fest.

Es stimmte alles: Ein Lavendelfeld war auf der rechten Seite, der Blick gespalten durch einen Olivenbaum, das Melonenfeld und links oben die Silhouette der romanischen Kapelle. Fast perfekt. Doch nicht ganz. Die Sonne als beherrschendes Moment fehlte und dieser bewegte

Himmel, das Licht und die Seele des Malers, der diesen Augenblick festgehalten hatte.

»Ich fühle, dass er hier war«, murmelte ich.

»Wer?«, fragte Thaler verständnislos.

»Na, wer wohl? Vincent natürlich!«

»Merkwürdig ist das schon«, gab er zu. »Mich wundert nur, dass ...« Er brach ab.

»Was?«

»Dieser Olivenbaum.« Thaler trat zu dem knorrigen Stamm hin. »Eigentlich müsste er viel größer sein.«

»Olivenbäume wachsen langsam«, widersprach ich. »Außerdem kann es doch sein, dass Vincent ihn größer gemalt hat. Er hat die Natur schließlich nicht fotografiert, sondern sie künstlerisch interpretiert. Oder glauben Sie, dass die schiefen Frauengesichter, die Picasso gemalt hat, den Köpfen seiner Modelle aufs Haar glichen?«

»Nö. Picasso soll ja was von Frauen verstanden haben. Und was machen wir jetzt?«

Ich überlegte. »Jetzt wissen wir wenigstens, dass es dieses Feld gibt und dass van Gogh es gemalt haben könnte.«

Ein plötzliches Unwohlsein ergriff mich.

»Was ist mit Ihnen?«, fragte Thaler. »Sie sind ganz blass.«

»Mir ist schlecht«, klagte ich.

»Der Schauer der Geschichte? Die Erhabenheit der Kunst?«

»Nicht direkt. Mir ist übel. Diese verdammten Melonen!«

Ein Mensch, der fünfzig Jahre lang lebt und zweitausend im Jahr ausgibt, gibt hunderttausend Francs aus, und da muss er auch hunderttausend einbringen. Tausend Bilder zu hundert Francs in einem Künstlerleben zu machen ist sehr, sehr, sehr hart ...

Angriff

Sterner war wieder ziemlich fit, als wir nach Saignon zurückkehrten. Seine Nase war von der Sonne verbrannt, die Augen noch ein wenig aufgequollen und er roch auch nicht besonders gut.

»Wir haben das Melonenfeld gefunden«, erzählte ich ihm. »Es sieht noch fast genauso aus wie vor hundert Jahren.«

Wir saßen zu dritt im Garten, ich hatte Kaffee gekocht und noch irgendwo ein paar Kekse aufgetrieben. Mein Handy war auf Empfang geschaltet – vielleicht meldete sich New York. Insgeheim hoffte ich darauf, dass Cortez anrufen würde. Doch das Mobiltelefon klingelte nicht. Auch gut, dachte ich, ein ruhiger Abend konnte nicht schaden. Doch es sollte mal wieder anders kommen.

Es dämmerte schon; ich war in der Küche und spülte die Tassen, die beiden Männer trieben sich irgendwo im Garten herum. Thaler telefonierte mobil, von Sterner hörte ich nur ein unterdrücktes Husten. Musik und aufgeregte Stimmen klangen zu mir herüber – in den Nachbarhäusern wurde gefeiert.

Ich wollte gerade in den Garten gehen, da sah ich ihn. Der große, braune Hund schaute mich an, sein Blick war bettelnd. Ich trat zu ihm hin, stutzte. Da sah ich, dass Mapucho Blut an den Hinterläufen hatte.

»*Q'est-ce qu'il s'est passé*?«, fragte ich.

Mapucho begann zu winseln. Er versuchte sich an meine Beine zu schmiegen, doch er hatte keine Gewalt über seinen Hinterleib.

»Thaler!«, brüllte ich. »Kommen Sie schnell!«

Kurze Zeit darauf stand Thaler in der Tür.

»Der Hund ist verletzt«, sagte ich aufgeregt. »Jemand hat ihm die Hüfte oder die Beine gebrochen. Oh Gott, hoffentlich ist Rosalie nichts passiert ...«

»Wer ist Rosalie?«

Mir fiel ein, dass er überhaupt nichts von der alten Frau auf dem Felsen wusste.

»Was ist passiert?« Sterner war ebenfalls angetrabt.

»Wir müssen zu Rosalie«, befahl ich. »Also los!«

»Wer ist Rosalie?«

Die Frage kannte ich schon. »Das erzähl ich unterwegs!«

Wir hasteten den Berg hinauf, der verletzte Hund schleppte sich mühsam hinterher. Ich erzählte den beiden, dass Rosalie eine alte Frau war, die einsam mit Hund und Katze in einem Haus am Felsen wohnte. Ich verschwieg, dass sie die Mutter von Cortez war.

Der Weg war nicht weit, doch heute kam er mir endlos vor. Schwer atmend standen wir schließlich vor der Holztür. Sie ließ sich aufdrücken. Nichts war zu hören, nirgendwo brannte Licht.

»Rosalie!«, brüllte ich.

Keine Antwort.

Es war zum Glück noch nicht ganz dunkel. Ich tastete mich durch den Hof zu der Stelle, wo ich den Eingang zum Wohnraum in Erinnerung hatte. Die Tür war geöffnet.

»Rosalie! *Où êtes-vous*?«

Meine Finger glitten an der Wand neben dem Türrahmen hinab. Das musste der Lichtschalter sein! Tatsächlich.

Der Raum war gründlich durchwühlt worden, Bücher lagen verstreut, Rosalies Holzskulpturen waren umgestürzt, Schränke standen sperrangelweit auf, das Sofa war mit einem Messer aufgeschlitzt worden.

»Das sieht ziemlich übel aus«, erkannte Thaler. »Was haben die nur mit der alten Frau gemacht?«

Ich stürzte die Steintreppe hinauf, die zum oberen Teil des Hauses führte – die beiden Männer hinter mir her.

Mapucho schaffte den Weg nicht, er blieb unten und winselte. Das arme Tier musste starke Schmerzen haben.

Oben war Rosalies Schlafzimmer. Das Zimmer war leer, doch hier herrschte genau so ein Chaos wie unten. Kleider lagen verstreut herum, ein Paravent war umgekippt, der Kleiderschrank von der Wand abgeschoben worden. Auf dem Boden waren Scherben verteilt, daneben sah ich einen Strohhut mit einem schwarzen Band. Nirgendwo eine Spur der alten Frau.

»Ich weiß nicht, was wir machen sollen«, sagte ich.

»Wir müssen die Polizei holen«, schlug Thaler vor. »Hier ist ein Verbrechen passiert.«

»Ein schönes Haus«, stellte Sterner fest. »Voll gepackt mit Kunst. Woher kennen Sie diese Rosalie Marengo?«

»Was?« Ich hatte Rosalies Nachnamen nicht genannt. »Woher wissen Sie ihren vollen Namen?«

»Unten liegt ein Buch – da steht der Name drin«, stammelte Joe Sterner. Ich hatte ihn kalt erwischt.

»Ein Buch?«

»Kommen Sie!«

Ich stieg die Treppe hinab. Unten entdeckte ich tatsächlich ein großes Buch mit dem Titel *Interieurs de Provence* – es lag aufgeklappt auf dem Couchtisch vor dem zerstörten Sofa. Auf drei Seiten wurde Rosalies Haus vorgestellt, andere Passagen des Artikels beschäftigten sich mit der künstlerischen Arbeit der Frau.

»Wie konnten Sie das so schnell erkennen?«, fragte ich Sterner misstrauisch.

»Ich kenne dieses Buch«, behauptete der Maler. »In ihm werden schöne Häuser beschrieben. Eins davon ist dieses. Ich habe es gleich wiedererkannt.«

Ich hatte keine Zeit zu überlegen, ob ich mich mit der Antwort zufrieden geben sollte, denn plötzlich war der Schatten eines Mannes im Vorhof zu erkennen.

»*Qu'est-ce que vous voulez*?«

Der Mann trat ins Licht und Cortez stand vor uns.

»Gut, dass du hier bist«, sagte ich erleichtert.

»Sie also sind Cortez«, stellte Boris Thaler fest. »Was

haben Sie mit dieser Rosalie zu tun? Haben Sie ihr das angetan?«

»Quatsch«, fuhr ich ihn an. »Cortez ist ihr Sohn. Was ist mit Rosalie? Wo ist sie?«

»Im Krankenhaus«, antwortete Cortez. »Sie ist verletzt, aber sie wird es schaffen.«

Erst jetzt bemerkte ich, dass seine Augen müde und traurig waren.

»Sie ist heute Nachmittag überfallen worden«, fuhr er fort.

»Wer hat das getan?«

»Keine Ahnung. Wahrscheinlich Einbrecher, die Geld und Wertsachen gesucht haben.«

»Ist denn etwas gestohlen worden?«, fragte Sterner.

»Das muss ich erst überprüfen.« Cortez wandte sich an mich. »Wie kommst du hierher?«

Ich deutete auf den Hund. »Mapucho. Er stand plötzlich in unserem Garten. Er ist ziemlich übel verletzt.«

Cortez untersuchte ihn, Mapucho wimmerte, ließ es aber geschehen.

»Ich muss ihn zum Tierarzt bringen«, stellte Cortez fest. »Hilfst du mir? Wir müssen ihn tragen.«

»Natürlich.«

»Und die Polizei?«, fragte Thaler.

»Die habe ich bereits informiert«, gab Cortez bekannt.

»Sie beide gehen am besten zu unserem Haus zurück«, sagte ich zu Thaler und Sterner.

Die beiden Männer verschwanden tatsächlich.

»Du weißt, was die gesucht haben, oder?«, sagte Cortez leise zu mir.

»Du glaubst, die waren hinter dem Van-Gogh her?«

»Mutter hat mir erzählt, dass der Mann nach dem Bild gefragt hat.«

»Es war nur ein Mann? Der Verwüstung nach zu urteilen, muss es eine ganze Bande gewesen sein.«

»Er war lange im Haus. Hat alles gründlich durchwühlt. Er wurde immer wütender, als er nichts fand. Mutter hatte Todesangst.«

»Was hat er ihr getan?«

»Er hat sie geschlagen. Als sie weglaufen wollte, ist sie die Treppe heruntergefallen.«

»Hast du einen Verdacht, wer es gewesen sein könnte?«

»Keinen Verdacht. Nur einen Hinweis. Warte!«

Cortez lief die Treppe ins Schlafzimmer hinauf und kehrte mit dem Strohhut in der Hand zurück.

»*Voilà, le chapeau*. Dieser Hut – er lag oben. Mutter gehört er nicht und mir auch nicht.«

»Du meinst, dass ihn der Einbrecher verloren hat?«

»Ja.«

»Komisch. Ich habe heute Mittag einen solchen Panamahut gesehen«, erinnerte ich mich. »Auf Prébois' Kopf. Aber – solche Hüte gibt's natürlich zu Tausenden. Und nicht nur in Panama.«

»Hast du nicht gesagt, dass Prébois panisch reagiert hat?«

»Mein Gott«, fiel mir ein. »Dann wäre ja alles meine Schuld. Obwohl – ich habe ihm doch nur das Foto des Van-Gogh-Gemäldes gezeigt. Aber wie kam er auf dich und Rosalie?«

»Vielleicht hatte er Verbindung zu Kolatschke, der mir damals die Skizzen gestohlen hat. Und dass Rosalie meine Mutter ist – das weiß hier jedes Kind. Von dir hat er erfahren, dass sich das Bild ganz in der Nähe befinden muss.«

»Langsam verliere ich den Überblick«, sagte ich kleinlaut. »Kann ich überhaupt noch jemandem vertrauen?«

»Ja. Mir.«

»Schön wär's«, seufzte ich und schaute ihn skeptisch an.

Er legte die Hand auf meine Wange und hielt meinem Blick stand.

»Und jetzt kümmern wir uns um den armen *chouchou*!«

Gemeinsam hoben wir den verletzten Hund auf die Ladefläche des Lieferwagens und betteten ihn vorsichtig auf eine Decke. Ich entschloss mich, während der Fahrt neben ihm zu bleiben und ihm das Pfötchen zu halten.

Wir fuhren nach Apt. Cortez klingelte einen Arzt aus dem Haus, der Mapucho sofort röntgte und ein angebrochenes Becken feststellte. Er machte einen festen Verband und verordnete, dass der Hund möglichst wenig laufen sollte.

»Warum kriegt er keinen Platz in einer Tierklinik?«, fragte ich, als wir die Praxis verlassen hatten.

»Wir sind auf dem Land«, erklärte Cortez. »Hier macht man nicht so viel Aufhebens um Haustiere. Ich werde Mapucho mit nach Oppède-le-Vieux nehmen. Da habe ich ihn unter Kontrolle.«

»Und die Katze?«

»Sie ist tot. Ein Hund aus dem Dorf hat sie erwischt – das ist schon gestern passiert.«

»Arme Rosalie. Hoffentlich kommt wenigstens Mapucho wieder auf die Beine.«

Cortez ließ mich am Ferienhaus in Saignon aussteigen.

»Ich danke dir«, sagte er leise.

»Du dankst mir? Wofür? Ich bin vielleicht daran schuld, dass Rosalie verletzt wurde – falls Prébois wirklich der Täter ist.«

»Du hast doch nicht wissen können, dass er an der Sache beteiligt ist. Mach dir keine Sorgen. Ich bringe alles wieder in Ordnung.«

»Hoffentlich gelingt dir das. Wann höre ich von dir?«

»Ich melde mich morgen telefonisch«, sagte er. »Vielleicht hast du bis dahin Nachricht aus New York. Es wird Zeit, dass die Sache in Gang kommt – bevor noch mehr passiert.«

Cortez nahm meinen Kopf in die Hände und küsste mich. Mein Blut sackte vom Kopf in die Lendengegend. Er merkte, dass ich mehr wollte, und gab es mir.

»Pass auf dich auf«, sagte er zärtlich und ließ mich los. »Und sage niemandem, wo das Bild ist. Sie werden weiter danach suchen – und nicht aufgeben, bis es in ihren Händen ist.«

»Sag mir endlich, wer diese Leute sind!«

»Ich weiß es selbst nicht«, behauptete Cortez. »Sie arbeiten im Verborgenen, verstecken sich hinter Masken und geben sich als etwas aus, das sie nicht sind.«

Etwas Seltsames ist doch »la touche« – der Pinselstrich. Im Freien, dem Wind, der Sonne, der Neugier des Menschen ausgesetzt, arbeitet man, so gut es eben geht, man pinselt seine Leinwand voll auf Deubel komm raus. Aber dann gerade erwischt man das Echte, das Wesentliche – das ist das Allerschwerste.

Die Seele ist es!

»Wir wollen endlich das Bild sehen«, meldete sich Joe Sterner zu Wort. »Cortez soll es uns zeigen.«

»Warum sollte er das tun?« Ich war nach meiner Exkursion wieder zum Haus zurückgekehrt und stand im Garten.

»Weil er das Geschäft seines Lebens machen will«, sagte Sterner. »Und das kann er nur, wenn ich ein Gutachten erstelle. Ich weiß gar nicht, warum er sich so ziert. Ich bin inzwischen fest davon überzeugt, dass es echt ist.«

»Cortez will das Bild nicht verkaufen«, erklärte ich. »Warum sollte er es dann untersuchen lassen?«

»So ein Quatsch«, meinte Thaler grob. »Er spielt ein doppeltes Spiel. Auf der einen Seite weigert er sich, das Bild untersuchen zu lassen, und bietet es gleichzeitig anonym zum Kauf an – für sage und schreibe 100 Millionen.«

»Inzwischen ist der Wert sogar noch höher. Ich habe mit dem Interessenten gesprochen – er ist bereit, die 100 Millionen zu überspringen.«

»Und? Das wird niemanden beeindrucken.« Ich war meiner Sache ganz sicher. »Ist noch Wein übrig?«

Ich blickte auf die fast leere Flasche Rosé, die auf dem Steintisch stand.

»Ich hole eine neue«, sagte Thaler beflissen und ging in die Küche. Er glaubte wohl, dass ein tüchtiges Quantum Alkohol meine Zunge lockern würde.

»Sie sollten Cortez raten, sich mit mir zu arrangieren«, raunte mir Sterner zu. »Mein Auftraggeber meint es ernst, die anderen jedoch wollen den Van-Gogh umsonst haben, sie wollen ihn stehlen. Und dafür werden sie über Leichen gehen. Der Anschlag auf Rosalie Marengo ist der Beweis.«

»Was für ein Beweis?«, ertönte Thalers Stimme.

»Dass denen, die das Bild besitzen, große Gefahr droht«, antwortete Sterner.

Thaler zeigte sich höflich und schenkte mir ein Glas Wein ein. »Zum Wohl!«

»*Merci.*«

Der kühle Rosé rann durch meine Kehle, erst jetzt bemerkte ich, wie abgespannt ich war. »Wie können Sie eigentlich feststellen, ob ein Ölbild echt oder gefälscht ist?«

Sterner nahm einen Schluck und sagte: »Da gibt es verschiedene Methoden. Kommt drauf an, ob ich es mit einem plumpen oder geschickten Fälscher zu tun habe. Die Leinwand ist auf jeden Fall das Allerwichtigste. Fälscher kaufen deshalb Bilder aus der Zeit, in der der Maler gelebt hat, dessen Werke sie fälschen wollen. Dann wird die Farbe vorsichtig abgekratzt und mit frischer Ölfarbe vermischt.«

»Die Ölfarben von heute sind doch bestimmt anders zusammengesetzt als vor hundert Jahren«, wandte ich ein.

»Nicht unbedingt. Die Künstler von heute sind immer noch in der Lage, ihre Farben selbst zu mischen – sie müssen nicht auf die kleinen bunten Tuben in den Malgeschäften zurückgreifen. Die Grundlagen sind aber dieselben. Es gibt nur ein paar Farben, die ein guter Fälscher meiden muss.«

»Und welche?«

»Zum Beispiel das so genannte Titanweiß. Es wurde erst 1938 entwickelt – käme also für ein gefälschtes Van-Gogh-Bild nicht in Frage. Zu dessen Zeit gab es das Bleiweiß und seit Mitte des letzten Jahrhunderts das Zinkweiß.«

»Dann muss ein Fälscher ja eine Menge über Malerei, Farben und die Geschichte des Malens wissen«, sagte ich.

»Brillante Fälscher sind nicht nur Maler, sondern auch Kunsthistoriker und wirkliche Künstler.«

»Nach dem, was Sie erzählen, wirken Fälscher eigentlich ganz sympathisch«, meinte ich. »Ich find's gut, wenn sie die raffgierigen Reichen und millionenschweren Konzerne übern Tisch ziehen. Schade nur, dass so ein armer Mann wie Vincent van Gogh nichts mehr davon hat.«

»Vielleicht sitzt er auf Wolke sieben und lacht sich halb tot über das Theater, das um seine Bilder veranstaltet wird«, sagte Thaler. »Obwohl – er hat bestimmt nicht viel Humor gehabt. Dafür fehlte ihm die Leichtigkeit des Seins.«

»Die kann man auch nicht haben, wenn man jeden Tag ums Überleben kämpfen muss«, wandte ich ein.

»Er war eben ein Loser.«

»Ja, ja«, stöhnte ich genervt auf. »Ganz im Gegensatz zu Ihnen. Fragt sich nur, von wem mehr übrig bleibt ... im Rückblick der Jahrhunderte.«

Ich wandte mich wieder Sterner zu. »Wie geht's weiter mit der Bildfälscherei?«

»Die Originalleinwand wird also wieder übermalt – jeweils in dünnen Schichten«, setzte Sterner seinen Vortrag fort. »Das Bild muss danach natürlich einem schnellen Alterungsprozess unterzogen werden, die Oberfläche wird auf alt getrimmt – und das ist das Schwierigste an der Sache.«

»Sie meinen die feinen Risse, die ältere Ölgemälde aufweisen?«

»Sie sagen es, Frau Grappa. Diese Risse nennt man ›Craquele‹. Sie entstehen durch Schwankungen von Temperatur und Luftfeuchtigkeit. Fälscher verkürzen diesen Prozess, indem sie die Malschicht gleich mehreren Klimaschocks aussetzen und den Farben sehr viel Sikkativ beimengen – das ist ein Trockenmittel für ölgebundene Farbe. Der Fälscher stellt sein Bild immer wieder in einen leicht angewärmten Backofen – nur für ein paar Minuten. Dann malt er weiter – Schicht um Schicht.«

»Ziemlich aufwendig«, stellte Boris Thaler fest. Er hatte die Füße auf den Steintisch gelegt und notierte eifrig, was Sterner erzählte.

»Ist das Bild fertig«, ließ sich Sterner nicht stören, »wird's kompliziert. Das Werk muss gefirnisst werden – es muss das eben erwähnte ›Craquele‹ erzeugt werden. Da gibt es zwei Lacksorten. Lack Nummer eins wird sehr schnell aufgetragen – mit der Stoppuhr wird die Trocknungszeit gemessen, die – je nach Luftfeuchtigkeit – fünf bis fünfzehn Minuten dauert. Dann kommt der zweite Lack drauf – er sorgt dafür, dass die Oberfläche des Bildes unglaublich schnell altert und jene feinen Risse bekommt, die das Alter vortäuschen sollen. Und jetzt muss das Bild ruhen – mindestens für ein paar Monate.«

»Das ist schon alles?«, fragte Thaler enttäuscht.

»Oh nein. Dann beginnt die Feinarbeit.«

»Und die wäre?« Die Flasche Rosé war leer. Diesmal ging ich zum Kühlschrank.

»Der Fälscher macht jetzt eine Reise«, erzählte Sterner, als ich wieder auf meinem Stuhl saß. Es war dunkel, der Himmel unbewölkt und sternenklar.

»Er fährt zu der Gegend, in der der Maler das Bild gemalt haben könnte – in unserem Fall also in die Provence. Dort sammelt er Sand, Erde, Lehm, ein bisschen Asche und zerreibt das Ganze in einem Mörser zu einem feinen Staub. Mit einem weichen Lappen wird der Staub auf dem Bild verteilt, in die Risse eingerieben. Das wird bei kräftigem Sonnenlicht gemacht oder unter einem Solarium. Danach kommt das Bild für ein paar Monate in einen feuchten Raum und erst dann ist das angebliche Original so hergerichtet, dass es auf dem Markt angeboten werden kann.«

»Ist ein Van-Gogh schwer zu fälschen?«

»Vincent hatte einen unverkennbaren ›touche‹, den er selbst allerdings nicht immer gleich ausführte – je nach seinem Gesundheitszustand und seiner psychischen Verfassung waren die Pinselstriche mal kräftig, mal zarter, mal wild oder gemäßigt. Mal hat Vincent seine Bilder signiert, manchmal aber auch nicht. Er hat viele Motive immer wieder in Variationen gemalt – denken Sie nur an die vielen Sonnenblumenbilder oder das Motiv der blauen Schwertlilien. Das hat viele schlechte Fälscher inspiriert, sich an seinen Werken zu versuchen, weil es einfach erscheint. Aber – die Seele fehlt und die hat van Gogh jedem seiner Werke mitgegeben.«

»Sie würden eine Fälschung auf jeden Fall erkennen?«

»Ja, ich bilde es mir ein – nein, eigentlich bin ich sicher.« Sterner nahm meinen Arm, drückte ihn und sagte beschwörend: »Berichten Sie Cortez, dass ich auf seiner Seite stehe«, sagte er leise. »Bitten Sie ihn in meinem Namen darum, dass ich das Bild sehen darf. Nur ein einziges Mal.«

Ich spüre eine Kraft in mir, die ich weiter ausbilden muss, ein Feuer, das ich nicht dämpfen, sondern anfachen muss, obwohl ich nicht weiß, zu welchem Ende es mich führen wird – wenn es ein düsteres wäre, würde ich mich nicht wundern. In einer Zeit wie der heutigen – was soll der Mensch sich da wünschen?

In Stein gemeißelt

Am nächsten Tag geschah absolut nichts. Alles war so friedlich, leicht und locker – ich saß den halben Tag in der Sonne oder im Schatten, las und hörte Musik, und ich hatte das Gefühl, eine normale Touristin zu sein, die in der herrlichen Provence nur ausspannte und sonst nichts tat.

Am frühen Nachmittag fasste ich den Plan, Rosalie im Krankenhaus zu besuchen. Ihr Sohn hatte sie in eine Klinik nach Apt gebracht – nur vier Kilometer von Saignon entfernt.

Ich duschte, schminkte mich und kramte ein kurzes, blaues Kleid aus dem Kleiderschrank. Dazu hochhackige Schuhe und ein wenig Parfum.

Das *Hôpital* war schnell erreicht. Rosalie lag auf der Chirurgischen Station – so der Mann am Empfang.

»*Bonjour, Rosalie, comment allez-vous*?«, fragte ich, als ich vor ihrem Bett stand.

Die alte Frau sah aus wie ein braves Kind, so wie sie in ihrem Bett lag – den Kopf mit dem weißen, vollen Haar im dicken Kissen leicht zurück geneigt, die Bettdecke bis über die Brust gezogen, die mageren Arme rechts und links neben den Körper gelegt. Die Stirn war unter einem weißen Verband verborgen, der Einbrecher hatte ihr auf den Kopf gehauen.

Rosalie reagierte nicht. Sie schien zu schlafen.

Ich nahm ihre Hand, streichelte sie. Warum musste diese alte, harmlose Frau zum Ziel skrupelloser Verbrecher werden?

Plötzlich spürte ich, wie Rosalies Finger die meinen drückten. Wenige Augenblicke später öffnete sie die Augen – ihr Blick war verwundert, als er mich traf.

»*Qu'est-ce que vous faites ici*?«, murmelte sie.

Ich erklärte ihr, dass ich gekommen sei, weil ich von dem Überfall gehört hätte.

Sie stutzte, hatte wohl Schwierigkeiten, sich zu erinnern.

Ich fragte, ob sie den Einbrecher erkannt hatte.

Sie erzählte, dass sie ihn nie zuvor gesehen habe. Jemand habe an die Tür geklopft, sie habe natürlich geöffnet – wie viele Male zuvor. Der Mann sei zunächst sehr freundlich gewesen, dann habe er plötzlich die Wohnung durchwühlt und auf sie eingeschlagen.

Ich fragte, ob sie den Mann beschreiben könne. Sie konnte und lieferte einen erstaunlich genauen Steckbrief von Jean-Jacques Prébois.

»*Cet homme sera puni*«, murmelte Rosalie. Danach redete sie ein paar Sätze auf Spanisch, ich verstand nichts. Schließlich schloss die alte Frau die Augen – unser Gespräch hatte sie erschöpft. Es wurde Zeit zu gehen.

Auf dem Weg zu meinem Auto überlegte ich, was sie wohl gemeint haben könnte: Dieser Mann wird bestraft werden – das waren ihre Worte.

Je hässlicher, älter, boshafter, kränker und ärmer ich werde, umso mehr suche ich die Scharte dadurch auszuwetzen, dass ich meine Farbe leuchtend, wohl ausgewogen, strahlend mache.

Gesägtes Feuer

Den Rest des Nachmittages verplemperte ich, indem ich mich der Leichtigkeit des Seins hingab. Ich hatte mein Handy abgeschaltet und die beiden Männer zum Einkaufen nach Apt geschickt. Sterner und Thaler kehrten zurück und sie hatten schöne Dinge eingekauft.

Gemeinsam bereiteten wir das Abendessen – es gab nichts Besonderes, aber alles war frisch und schmeckte hervorragend.

Zwei Flaschen Wein wurden vernichtet, ein paar Calvados und einige Pastis. Dann war die richtige Bettschwere da. Ich sagte als Erste *bonne nuit* und verschwand in meinem Zimmer.

Dort schaltete ich meinen Laptop ein und entdeckte, dass ich eine Nachricht aus New York erhalten hatte. Ich holte das Fax auf den Monitor.

Wir haben großes Interesse an einer Veröffentlichung, las ich, *da wir die Gerüchte gehört haben, dass ein unbekanntes Van-Gogh-Gemälde aufgetaucht sein soll. Die internationale Kunstwelt brennt darauf, es kennen zu lernen.*

Der Chefredakteur der Zeitschrift schlug vor, höchstpersönlich mit seinen Experten vorbeizukommen, um das Bild zu begutachten.

Mit einer solchen Antwort hatten Cortez und ich gerechnet. Doch so ein Verfahren kam nicht in Frage. Niemand sollte wissen, wo sich das Bild befand – vorläufig zumindest.

Ich formulierte einen Text für ein weiteres Fax nach New York, denn ich hatte einen Gegenvorschlag zu machen. Ich forderte einen ersten Artikel, mit dem klargestellt werden sollte, dass es das Bild wirklich gab. Erst dann könne ein Treffen mit Experten stattfinden – unter Polizeischutz. Und schließlich sollte das Gemälde für ein halbes Jahr in einem New Yorker Museum ausgestellt werden, bevor es wieder in die Hände seines rechtmäßigen Besitzers zurückkehrte.

Ich sendete das Fax und ging ins Bett, konnte jedoch nicht sofort einschlafen. Das Buch über van Goghs Leben lag auf meinem Bett – ich kannte es inzwischen in- und auswendig, doch die Fotos der Gemälde faszinierten mich immer wieder aufs Neue.

Armer van Gogh – zum Schluss ist er freiwillig ins Irrenhaus gegangen, weil er mit der Welt und den Menschen nicht mehr zurecht kam. Damals war er bereits krank – körperlich und geistig. Zu viel Alkohol, zu viel Nikotin, mangelhafte Ernährung. Die Selbstporträts zeigten einen blassen, hageren Mann mit rötlichem Haar und rotem Bart, der misstrauisch und ein wenig leer aus dem Rahmen schaute. Am 27. Juli 1890 schoss sich Vincent eine Kugel in die Brust, zwei Tage später starb er im Beisein seines Bruders Theo in Auvers. Der Pfarrer des Ortes stellte den Leichenwagen für einen Selbstmörder nicht zur Verfügung, die Nachbargemeinde musste aushelfen.

Ich schaute auf die Uhr. Es war kurz vor Mitternacht und noch immer warm – ich hatte das Fenster geöffnet. Van Gogh war in diesem Monat – es war Ende Juli – gestorben, vor fast 110 Jahren. Eine plötzliche Unruhe ergriff mich. Ich stand auf, warf mich in Jeans und T-Shirt und ging hinunter in den Garten. Die beiden Männer schliefen.

Ich hatte eine Taschenlampe in der Hand und ging durch den Garten. Da war der Grabstein der Arlette Ginoux – sie war im selben Jahr gestorben wie Vincent: 1890. Van Gogh hatte eine Madame Ginoux gemalt, mehrfach sogar, in der Tracht der Arlesierinnen – mit schwarzem Kleid und weißem, besticktem Brusttuch.

Ich nahm mein Handy aus dem Hosenbund und wählte die Nummer von Cortez. Er hatte sie mir bei unserem letzten Date gegeben. Der Ruf ging ab, aber Antonio meldete sich nicht. Ich würde es morgen früh noch einmal versuchen.

Das Lavendelfeld duftete. Nicht so dominant wie tagsüber, die Blüten schenkten der Nachtluft nur einen leichten Hauch ihres eleganten Wohlgeruches.

An der Gartenlampe taumelten Insekten, ab und zu schossen winzige Schatten durch den Himmel – kleine Fledermäuse auf der Jagd nach Beute.

Es machte keinen Sinn, noch länger aufzubleiben, ich war so müde. Außerdem kam ein starker Wind auf. Ich blickte zum Himmel. Er war drohend bewölkt, die Brise trieb die Luftmassen in eine Richtung, es wurde kühler. Hinter dem Felsen von Saignon zuckten Blitze wie die Spitzen eines ausgesägten Feuers, heftig, leidenschaftlich und gar nicht gemütlich. Merkwürdig, dass es noch nicht regnete. Eigentlich verband ich Gewitter mit Feuchtigkeit. Doch hier war alles anders.

Die Fledermäuse flogen nicht mehr, sogar die Nachtfalter hatten sich sonst wohin verkrochen. Der Schatten des Hauses dagegen versprach eine Idee von Geborgenheit und Sicherheit. Und jetzt öffneten sich doch die Schleusen des Himmels. Wasser ergoss sich aus den

Wolken – ich floh ins Haus und war pitschnass, als ich in der Küche stand.

Ich verschloss die Tür. Die beiden Männer hatten von dem Naturschauspiel nichts mitbekommen.

In meinem Zimmer entledigte ich mich der nassen Kleider. Dann fiel ich ins Bett. Während des Einschlafens kam mir die Erkenntnis, dass ich etwas Wichtiges übersehen hatte. Es hatte mit dem Melonenfeld zu tun und ich würde morgen weiter darüber nachdenken. Ich machte einen Knoten in meine Seele, um es ja nicht zu vergessen.

Und meine eigene Arbeit, nun, ich setze mein Leben dabei aufs Spiel, und mein Verstand ist zur Hälfte dabei draufgegangen.

Eine Entdeckung

Das Gewitter tobte die ganze Nacht, doch am Morgen war alles wie immer: Die Sonne hatte noch nicht ihre ganze Kraft entfaltet, sie wärmte nur und brannte noch nicht, der leichte Wind war vielleicht eine Spur frischer und bei Bäumen und Sträuchern schien das Grün der Blätter aufpoliert – alles strahlte und glänzte, hatte aufgeatmet und neue Kraft durch die ungewohnte Feuchtigkeit entfaltet.

Ich entknotete meine Seele und wusste, was ich zu tun hatte. Das Frühstück war schnell gemacht – die Herrschaften schnarchten hoffentlich bis zum Mittag.

Ich trank einen großen Kaffee, mümmelte ein Croissant vom Vortag und startete. Mein Ziel war das Melonenfeld, das Vincent van Gogh auf dem Bild verewigt hatte. Genauer gesagt steuerte ich die kleine romanische Kapelle am Rand des Feldes an. Ich musste dringend etwas überprüfen, denn ein Bild hatte sich gestern Abend in mein Gehirn eingebrannt und mich nicht wieder losgelassen.

Mein Golf-Cabrio brachte mich schnell zur gewünschten Stelle. Wieder war die kleine Kirche verschlossen, vermutlich wurde hier nur sonntags eine Heilige Messe gelesen – wenn überhaupt.

Niemand war zu sehen. Ich strich um die Mauern herum, erreichte schließlich den Anbau. Als ich nach oben schaute, stockte mein Atem. Ich hatte mich nicht getäuscht. Die Jahreszahl, die dort in den Stein gemeißelt war, war die Zahl 1892.

Schwer atmend glitt ich an der Wand entlang ins Gras. Ich war betrogen worden wie niemals zuvor. Das war mir jetzt klar. Behalte einen kühlen Kopf, Grappa, riet ich mir selbst, doch meine Gefühle überwältigten mich. Ein trockenes Schluchzen entrann meiner Kehle.

Der *Bauer im Melonenfeld* war eine Fälschung und Cortez musste es wissen. Van Gogh war im Juli 1890 gestorben und der Anbau der Kirche, der auf dem Bild zu sehen war, erst 1892 fertig gestellt worden.

Erschüttert erhob ich mich und entfernte mich von der Kirche. Das Feld war über und über mit Melonen bedeckt, ihr honiggelber Schimmer harmonierte mit dem dunklen Braun der Erde. Ich schlenderte durch die Furchen und da sah ich plötzlich etwas, das so gar nicht in die ländliche Idylle passen wollte. Zwei Füße ragten mir entgegen. Sie trugen zweifarbige Schuhe und gehörten zu einem Mann, der mit dem Gesicht nach unten im Feld lag.

»Verdammt!«, entfuhr es mir.

Ich trat zu dem Körper hin, dort oben musste der Kopf sein. Der Mann war nicht schwer zu identifizieren: Es war Jean-Jacques Prébois. Es hatte ihn zwischen seinen geliebten Melonen dahingerafft. Aber nicht durch einen natürlichen Tod.

Prébois' Schläfe zierte ein kleines Loch. Er war noch immer oder schon wieder weiß gekleidet – wie gestern im Restaurant. Neben ihm befand sich der helle Panamahut.

Ich hob ihn auf und eine neue Erkenntnis traf mich wie ein Blitzschlag. Es handelte sich um denselben Hut, den Cortez nach dem Überfall auf seine Mutter aus deren Haus in Saignon mitgenommen hatte.

Ich wagte den Gedanken, der sich mir jetzt aufdrängte, fast nicht zu denken – doch es ging kein Weg daran vorbei. Cortez musste Prébois umgebracht haben, sonst würde der Hut nicht neben ihm liegen.

Ich untersuchte die Umgebung. Es schien nicht so, als sei der Melonenmann auf diesem Feld getötet worden. Die verrenkte Körperlage ließ darauf schließen, dass ihn jemand aufs Feld geworfen hatte.

Etwas abseits verlief ein unbefestigter Weg, der zur Straße führte. Sonne und Trockenheit hatten für einen Belag aus feinem Staub gesorgt. Ich entdeckte Abdrücke von Pferdhufeisen, Schuhmuster und breite Reifenspuren. Cortez' Lieferwagen hätte den Weg ohne Probleme befahren können. Die Fahrbahn war breit genug.

Ich kramte mein Handy aus der Handtasche, wählte den Notruf und meldete der Polizei den Fund einer Leiche auf einem Melonenfeld zwischen Cavaillon und Saint-Rémy. Als ich nach meinem Namen gefragt wurde, passte ich und beendete das Gespräch.

Ich eilte zu meinem Auto und startete. In meinem Hirn tobte ein Orkan. Thaler hatte Recht – Cortez war ein Mörder.

Ich fuhr einige Kilometer, stoppte den Wagen und wählte Cortez' Nummer. Er hatte auf Mailbox umgeschaltet, ich sprach eine Nachricht darauf. Er solle mich dringend anrufen.

Auch im Freien habe ich seit meiner Krankheit ein Gefühl schrecklicher Einsamkeit, so dass ich nicht auszugehen wage.

Die Jagd nach Geld

»Ich muss dich unbedingt sehen«, sagte ich, als Cortez sich meldete. Ich befand mich kurz vor Saignon.

»Was ist passiert?« Er musste die Aufregung in meiner Stimme bemerkt haben.

»Das sage ich dir, wenn wir uns gegenüber stehen.«

»Ich habe keine Zeit«, versuchte er mich abzuservieren.

»Du solltest dir Zeit nehmen«, sagte ich leise, aber bestimmt. »Es ist nur zu deinem Vorteil.«

»Du hast einen unguten Ton in der Stimme.«

»Das kann sein. Ich bin auch nicht gut drauf. Ich habe nämlich gerade eine Leiche gefunden.«

»*Ah bon*? Und wer ist tot?«

»Jean-Jacques Prébois. Er liegt ziemlich wortkarg zwischen seinen Melonen und seine Stirn ziert ein Einschussloch.«

»Das ist nicht wahr!«

»Ist es! Hast du eine Ahnung, wer es getan haben könnte?«

»Ich habe keine Idee. Vielleicht war jemand mit der Speisenfolge in seinem Restaurant unzufrieden.«

»Sehr witzig«, sagte ich. »Warst du es?«

»Ich? Um Gottes willen, Maria! Du hältst mich für einen Mörder? Warum sollte ich so etwas tun?«

»Ist das so abwegig? Immerhin glaubst du, dass er deine Mutter überfallen hat. Hast du dich rächen wollen?«

»Glaub mir«, sagte Cortez. »Ich habe mit der Sache nichts zu tun.«

»Ich habe deine Mutter im Krankenhaus besucht und sie hat vorausgesagt, dass der Mann, der sie überfallen hat, bestraft werden wird.«

»Ja und? Dass sie sich wünscht, dass der Mann, der sie so zugerichtet hat, dafür büßen muss, ist doch wohl ganz verständlich. Was beweist das?«

»Wie kommt der Hut neben die Leiche?«

»Welcher Hut?«

»Der Panamahut, den du aus Rosalies Haus mitgenommen hast. Nach dem Überfall.«

»Maria! Solche Hüte gibt es wie Sand am Meer.«

»Und wo ist der Hut?«

»Was weiß ich? Ich habe ihn irgendwo hingelegt.«

»Wirklich?«

»Ich merke, dass die Zeit des Vertrauens vorüber ist«, sagte er und es klang bitter.

»Also – kann ich zu dir nach Oppède-le-Vieux kommen?«

»Nein!« In Cortez' Stimme war Angst. »Wenn dir jemand folgt, wissen die, wo das Bild ist.«

»Ich bin vorsichtig«, versprach ich. »Ich bringe auch das Fax aus New York mit. Und den Van-Gogh – ich würde ihn gern noch mal sehen.«

»Es ist zu gefährlich.«

»Hör zu!« Meine Geduld war am Ende. »Mir reicht's langsam! Wenn du dich nicht mit mir triffst, informiere ich die Polizei und erzähle denen die Sache mit dem Hut.«

»Du kannst sehr hart sein«, stellte er fest.

»Also – was ist?«

»*Alors*!«, seufzte er. »Stell dein Auto unten auf dem Touristenparkplatz ab. Ich werde dort auf dich warten. Und achte darauf, dass dir niemand folgt.«

Als ich das Ferienhaus erreichte, saßen Sterner und Thaler im Garten.

»Wo waren Sie schon wieder?«, herrschte mich Thaler an.

»Ich habe mir noch mal das Melonenfeld angesehen«, antwortete ich, »und raten Sie mal, wen ich dort getroffen habe?«

Niemand löste das Rätsel und ich berichtete von meinem sensationellen Fund.

»Ich habe Ihnen gleich gesagt, dass Sie Cortez nicht vertrauen können«, meinte Thaler selbstzufrieden.

»Vielleicht will jemand auch nur den Verdacht auf ihn lenken«, wandte ich ein – allerdings wenig überzeugt von meinen eigenen Worten.

»Warum sollte das jemand tun?«, wollte Sterner wissen.

»Es geht natürlich um den *Bauern im Melonenfeld*. Damit Cortez aus dem Verkehr gezogen wird und das Bild schutzlos ist.«

»Jetzt wissen wir wenigstens, dass Cortez das Bild wirklich besitzt«, sagte Boris Thaler. »Und was passiert jetzt? Haben Sie die Polizei eingeschaltet?«

»Ich habe einen Notruf abgesetzt. Die Bullen werden die Leiche finden und ich kümmere mich um Cortez. Mag sein, dass ich zu vertrauensselig war«, räumte ich ein. »Aber die Sache ist noch nicht zu Ende.«

»Sie sind verrückt nach diesem Mann«, höhnte Thaler. »Ja, ja – wenn die Hormone verrückt spielen. Und das in Ihrem Alter.«

»Sie haben – wie immer – Recht. Ich bin wirklich verrückt nach Cortez. Bevor ich ins Grab sinke, will ich wenigstens meinen Spaß gehabt haben«, gab ich zurück. »Und Cortez macht mir viel Freude. Und jetzt treffe mich mit ihm.«

Ich erhob mich.

»Ich will mit!«, forderte Boris Thaler.

»*Pas de chance*!«

»Und wenn er Sie umbringt?«

»Mir passiert schon nichts.«

»Werden Sie das Bild sehen?«, fragte Sterner aufgeregt.

»Vielleicht.«

»Reden Sie mit ihm!«, beschwor mich der Maler. »Ich muss den *Bauern im Melonenfeld* sehen, ihn berühren, ihn in mich aufsaugen.«

»Sehen Sie!«, sagte ich zu Thaler gewandt. »Dieser Mann weiß, was Kunst bedeutet.«

»Endzeitgejammer eines Verrückten«, meinte Thaler

abschätzig. »Sie sollten mir trotzdem sagen, wo Sie hinfahren, damit ich Sie gegebenenfalls retten kann.«

»Mich retten? Sie?« Ich lachte. »Darauf habe ich gerade gewartet! Wer sich von Ihnen retten lässt, kriegt irgendwann die Rechnung präsentiert.«

»Das Bild!« Sterner baute sich vor mir auf. »Ich muss es sehen. Nehmen Sie mich mit, ich flehe Sie an!«

Ich ging zu meinem Auto, ohne mich noch mal umzudrehen.

Ich möchte gern Bildnisse malen, die in hundert Jahren als Offenbarung erscheinen. Ich möchte das nicht durch fotografische Treue erreichen, sondern durch meine leidenschaftliche Betrachtungsweise, durch Verwertung unserer Kenntnisse und unseres heutigen Farbgeschmacks als Mittel des Ausdrucks und der Übersteigerung des Charakters.

Glaube und Lüge

Immer wieder schaute ich in den Rückspiegel, doch kein Sportwagen folgte mir, die Straße war ziemlich leer. Sollte ich Cortez sagen, dass ich wusste, dass der Van-Gogh gefälscht war? Ich hatte mal wieder keine Ahnung, was richtig war.

Der Weg nach Oppède-le-Vieux war einfach zu finden – langsam lernte ich, Straßenkarten zu lesen und ihnen zu folgen. Merkwürdig, heute kamen mir die blühenden Ebenen der Provence zu grell vor, die Sonne blendete meine Augen trotz Sonnenbrille, die Luft war stickig und sehr trocken. Meine Zunge klebte am Gaumen, das Make-up war verrutscht – aber es war mir egal. Ich hatte das Gefühl, mit Cortez endlich Tacheles reden zu müssen.

Er wartete auf dem Parkplatz auf mich und war sehr zurückhaltend, was ich unserem Telefongespräch zuschrieb. Immerhin hatte ich ihn des Mordes verdächtigt.

Schweigend lief ich hinter ihm den Berg hinauf, über die steilen Gässchen, vorbei an verfallenen Bürgerhäusern und verwilderten Gärten.

Cortez blieb stehen, drehte sich zu mir um. »Was ist los? Was willst du von mir?«

»*Rien*!«, wehrte ich müde ab.

Er wollte mich in die Arme nehmen, doch ich stieß ihn von mir.

»*Laisse-moi tranquille*«, murmelte ich. Mein Vorsatz, es ihm richtig zu zeigen, war auf ein Minimum zusammengeschrumpft. Ich fühlte mich gar nicht mehr entschlossen, sondern nur elend.

Sein Gesicht hatte sich verfinstert, er drehte sich wieder um und seine Schritte wurden länger, so dass ich Mühe hatte, ihm zu folgen.

Schließlich standen wir vor dem unscheinbaren Holztor, das sein komfortables Atelier vor den Blicken Neugieriger schützte.

Er stieß die Tür auf und im Inneren empfing uns labende Kühle.

»Möchtest du einen Wein?«, fragte Cortez. Er war noch immer distanziert.

»Nein – ich brauche einen klaren Kopf. Hast du Wasser?«

Er nickte und verschwand. Die Wand, die den *Bauern im Melonenfeld* verbarg, war nicht geöffnet, nichts wies darauf hin, dass sich hinter dem Gemäuer das Objekt der Begierde befand – das in Wirklichkeit eine Fälschung war.

»Dein Wasser.« Cortez hielt mir das Glas hin.

»Danke.«

Ich trank.

»Zeig es mir!«, forderte ich.

»Das Bild?«

»Natürlich.«

Er holte die Fernbedienung und drückte sie. Die Wand schob sich wie von Geisterhand beiseite.

Das Gemälde war noch immer so schön, so echt, so voller Seele.

»Wie ist deine Mutter eigentlich an das Bild gekommen?«, fragte ich.

»Das ist eine merkwürdige Geschichte«, behauptete er.

»Erzähl sie mir«, forderte ich ihn auf.

»Als Mutter und Vater von Argentinien nach Frankreich kamen, fanden sie zunächst Unterschlupf bei einem alten Onkel. Er lebte hier in der Provence. Seine Vorfahren stammten aus Arles – und sie haben Vincent van Gogh gekannt.«

»Und dieser Onkel besaß das Bild?«

»Ja. Und die Skizzen, von denen ich dir erzählt habe. Die mir Kolatschke gestohlen hat.«

»Als der Onkel starb, hat er alles Rosalie vermacht?«

»Genau.«

In dem Augenblick klingelte mein Handy. Verdammtes Teil. Es machte mein Jüngstes Gericht zur Farce.

Es war Peter Jansen. Er hatte schon immer ein untrügliches Gefühl für perfektes Timing.

»Grappa, was macht deine Story?«, fragte er.

»Ich brauche noch ein bisschen Zeit«, versuchte ich ihn zu besänftigen.

»Während du in der Sonne liegst, werden hier die Morde aufgeklärt«, knisterte seine Stimme durch die Membran.

»Ich verstehe nicht.«

»Der Mord an Stenzel. Vor der Spielbank. Zwei Männer haben die Tat gestanden. Es war ein einfacher Raubmord.«

»Ach ja?« Ich war baff.

»Hattest du nicht behauptet, dass der Mord an Stenzel mit dieser Bildergeschichte zusammenhängt?«

»Hätte ja auch sein können«, sagte ich kleinlaut.

»Hätte sein können ...« äffte er mich nach. »War aber nicht. Und jetzt?«

»Ich bin noch immer an der Sache dran«, sagte ich wahrheitsgemäß. »Immerhin ist da noch der Tod von Kolatschke und seiner Frau – und der Mord an einem Restaurantbesitzer, der auch hinter dem Bild her war.«

»Pass mal auf, Grappa!« Jansens Stimmlage ließ keinen Zweifel daran, dass er sauer war. »Brich deine Zelte ab und komm nach Hause. Hier wartet noch immer die schnuckelige Politikerserie auf dich. Außerdem ist der Oberbürgermeisterkandidat der Mehrheitspartei zurückgetreten, weil er eine Nutte im Auto mitgenommen hat. Er hat sie angeblich für eine Anhalterin gehalten.«

»Das ist ein Ding!«

»Das Fernsehen hat auch darüber berichtet. Sie wollte siebzig Mark fürs Blasen, er wollte nur fünfzig geben.«

»Geizig war der schon immer«, erinnerte ich mich. »Er hatte mich mal zum Essen eingeladen – das lief dann auf eine Pommesbude am Hafen hinaus.«

»Du siehst, dass in Bierstadt mehr los ist als in dieser langweiligen Provence. Also – wann kommst du?«

»Bald«, sagte ich. »Sehr bald. Es kann nur noch ein oder zwei Tage dauern. Die Sache steht kurz vor ihrem Ende.«

»Okay. Pass auf dich auf.«

»Du auch. Tschüs, Peter!«

Cortez hatte dem Gespräch interessiert gelauscht. »*Qu'est-ce que cela veut dire*? Du willst aussteigen?«

»Eigentlich bin ich schon draußen.«

»Was soll das heißen?«

»Ich bin es leid, belogen zu werden«, sagte ich. »Ich hatte wirklich vor, dir bei der Rettung dieses Bild zu helfen.«

»Und warum hast du deine Meinung geändert?«

»Weil du ein Lügner bist – und vielleicht sogar ein Mörder.«

»Warum sagst du das?«

Cortez stand plötzlich dicht neben mir. Er legte seine Hand unter mein Kinn und bog meinen Kopf zu sich hin. »Warum redest du so mit mir?«

Er küsste mich und ich versagte mal wieder kläglich. Ich spürte seine festen Lippen und schmeckte seine Zunge.

»Lass das!«, keuchte ich und riss mich los. »Sag endlich mal die Wahrheit! Hast du es gemalt?«

»Was meinst du?«

»Lüg mich nicht an!« Ich wurde laut. »Das Bild ist eine Fälschung. Und du weißt es. Welches Spiel spielst du?«

»Ich spiele keine Spiele«, sagte er hart. »Und jetzt sag, was du zu sagen hast.«

Ich trat zu dem Gemälde. »Alles stimmt an diesem Bild. Die Leinwand stammt wahrscheinlich aus dem letzten Jahrhundert, die Farben scheinen original zu sein, das Craquele ist perfekt und der dynamische Pinselstrich könnte vom Meister selbst ausgeführt worden sein. Das Bild spiegelt die Seele des Malers – doch es ist in der Tat nur eine Spiegelung.«

»Ich wusste gar nicht, dass du Kunstexpertin bist.« Es klang höhnisch.

»Das bin ich nicht«, gab ich zu, »doch ich habe einen Kopf, den ich ab und zu zum Denken benutze. Und meine Augen können sehen. Zum Beispiel diese kleine Kirche hier ...« Ich trat zu dem Gemälde hin und deutete auf die schwarzbraune Silhouette der romanischen Kapelle am linken oberen Rand. »... sie ist perfekt in die Komposition eingepasst. Zu perfekt.«

Cortez schaute mich an – und schwieg.

»Diese paar Zentimeter hier ...«, ich deutete auf den Anbau, »... sind ein paar Zentimeter zu viel, denn dieser Teil der Kirche wurde erst 1892 fertig. Wie kann Vincent van Gogh eine Kirche gemalt haben, die in diesen Umrissen erst existierte, als er schon zwei Jahre tot war?«

Cortez schwieg.

»War Vincent ein Hellseher? Hat er die Kirche vergrößert, damit sie besser in die Komposition des Bildes passte? Oder hat der Fälscher, der das Bild gemalt hat, einfach geschlampt? Sag du's mir!«

Cortez erwiderte noch immer nichts.

»Also – noch mal: Hast du das Bild gemalt?«

»Ja doch!«, schrie er plötzlich in aufwallendem Jähzorn. »Und ich habe es gut gefälscht.«

»Nicht gut genug.«

»Offenbar nicht.«

Cortez holte eine Flasche Calvados und goss sich ein. »Willst du auch einen?«

»Ja«, sagte ich, »jetzt kann ich einen brauchen.«

Wir tranken schweigend.

»Was willst du nun tun?«, wollte er wissen.

»Keine Ahnung. Ich bin aus der Sache raus. Kein Artikel – für wen auch immer. Ich könnte die ganze Geschichte unter Lebenserfahrung abbuchen, wenn da nicht ... die Morde wären.«

»Damit habe ich nichts zu tun.«

»Wie kann ich dir noch glauben?«

Er sagte nichts.

»Warum hast du mich da rein gezogen?«

Schweigen.

»Verdammt«, schrie ich, »nun sag endlich was!«

»Da ist jemand an der Tür!«

Er hatte Recht. Das Pochen war unüberhörbar.

»Ist dir jemand gefolgt?«

»Nein.«

»Bist du sicher?«

»Ja.«

Und wieder klopfte es.

»Ich werde nachsehen. *Reste ici*! Du bleibst hier.«

Cortez ging aus dem Raum.

Von irgendwoher hörte ich Stimmen, die näher kamen. Dann sah ich Cortez, unter hinter ihm standen Boris Thaler und Joe Sterner.

»Wir haben Besuch«, meinte Cortez.

»Was machen Sie hier?«, fragte ich erstaunt.

»Wir wollen etwas abholen«, lächelte Thaler. Erst jetzt bemerkte ich, dass er eine Pistole in der Hand hielt, deren Lauf er in Cortez' Rücken drückte.

»Es ist wunderschön!« Sterner hatte den *Bauern im*

Melonenfeld entdeckt und sein Gesicht spiegelte Verzückung wider. »Oh Gott, dass ich das noch erleben darf!«

»Sterner! Nehmen Sie das Bild und lassen Sie uns gehen!« Thalers Stimme ließ keinen Zweifel an seinen Absichten.

»Sie sind ein verdammter Verräter«, brüllte ich. »Ich hätte gleich wissen müssen, dass es für Sie nur einen einzigen Wert auf der Welt gibt – Geld, Geld, Geld ...« Mir liefen Tränen übers Gesicht.

»Ich dachte, dir ist niemand gefolgt«, sagte Cortez.

»Sie kann nichts dafür«, erklärte Thaler. »In ihrer Handtasche ist ein Peilsender. Der hat mir den Weg gezeigt.«

Sterner hatte das Bild inzwischen abgehängt und hielt es in den Händen.

»Her damit!« Thaler richtete die Waffe jetzt auf Sterner. Der guckte etwas verdutzt, rückte das Werk allerdings sofort heraus.

Thaler nahm das Bild. »Gut. Und jetzt los!« Er deutete mit der Waffe in den hinteren Bereich des Raumes.

»Was ist mit mir?«, schrie Sterner. »Wir machen den Deal gemeinsam – haben Sie das vergessen?«

»Ich vergesse nie etwas«, sagte Thaler. »Aber – ich habe ein bisschen umdisponiert. In meinem Roadster ist nicht genug Platz. Wie soll ich Sie und das Bild unterbringen? Entweder der Van-Gogh oder Sie!«

»Ich kann das Gemälde doch in der Hand halten«, jammerte Sterner. »Sie können mich doch nicht hier zurücklassen! Das geht doch nicht!«

Thaler antwortete nicht. Er nahm das Bild, ging rückwärts Richtung Tür – die Waffe immer noch auf uns gerichtet – trat hinaus und drehte den Schlüssel um. Wir waren eingesperrt.

»Schöne Scheiße!«, sagte ich.

»Warum tut er das?«, winselte Sterner.

»Weil er ein geldgieriges Arschloch ist!« Sterners Gejammer ging mir auf den Zeiger. »Wissen Sie wenigstens, wohin er will?«

»Nach Paris. Dort soll das Bild übergeben werden.«

»Zu welchem Preis?«

»Dreißig Millionen – für Thaler. Eigentlich fünfzehn. Wir wollten halbe-halbe machen. Dafür sollte ich die Expertise ausstellen. Thalers Aufgabe war es, Sie auszuspionieren, um sich das Bild zu schnappen.«

»Hat ja auch prima geklappt«, sagte ich grimmig. »Wenn der Kerl mir noch mal unter die Finger kommt! Wenigstens hat er die Expertise nicht.«

»Ich habe aber bereits eine geschrieben«, räumte Sterner kleinlaut ein. »Ich habe das Bild als echt klassifiziert.«

»Ohne es gesehen zu haben?«

»Was blieb mir anderes übrig?«

»Sie sind ein Trottel!«

Cortez kam mit drei Gläsern Pastis und einer entsprechenden Flasche zu uns hin. Schön, dass in seinem Haus immer irgendwo was Hochprozentiges versteckt zu sein schien.

»Thaler kommt nicht weit«, sagte er. »Dieser Mann hat absolut nicht das Niveau, an die dreißig Millionen heranzukommen. Die jagen ihm das Bild ab und er sieht keinen Pfennig. Wenn er mit dem Leben davon kommt, dann hat er eine Menge Glück gehabt.«

»Dann wollen wir mal einen auf Thaler heben!«, sagte ich mild und hob das Glas. »Und darauf, dass sich dieses kleine geldgeile Arschloch den Hals bricht in seinem Angeberschlitten!«

Sterner hatte das Wasserglas auf einen Zug geleert. Er riss Cortez die Flasche aus der Hand und goss sich noch einen ein.

»Und was machen wir jetzt mit dem da?«, fragte ich Cortez mit Blick auf den gebügelten Sterner.

»Keine Ahnung.«

»Ich weiß! Wir benutzen ihn als Rammbock, um die Tür zu öffnen«, schlug ich vor. »Vor dem Gesicht haben sogar Holztüren Angst.«

Erschrocken sah mich Sterner an. Er traute mir mittlerweile wohl alles zu. Cortez grinste hinter seinem Rücken. Er schien sich an meinen rustikalen Charme gewöhnt zu haben.

»Und wenn er richtig gut aussieht, bringen wir ihn zur Polizei«, fuhr ich fort und deutete mit dem gespitzten Zeigefinger auf Sterner, der zusammenzuckte. »Immerhin ist er beteiligt an einem gemeinen Diebstahl, der die Welt erschüttern wird.«

»Das können Sie nicht machen«, klagte Sterner. »Ich bin genauso betrogen worden wie Sie beide.«

»Hören Sie auf zu jammern«, forderte ich. »Ich hätte wirklich Lust, Sie über die Terrasse da hinten in die Schluchten des Lubéron-Gebirges zu werfen ...«

»Hör auf, Maria!«, unterbrach Cortez. »Sterner hat genug. Hier! Trinken Sie noch einen!« Cortez goss Sterner erneut das Glas voll.

»Danke!« Der Jammerlappen griff mit zitternder Hand danach.

»Wir müssen überlegen, was wir jetzt tun«, sagte Cortez leise, aber bestimmt. »Haben Sie keine Idee, Sterner?«

»Ich mache Ihnen einen Vorschlag«, lallte Sterner. »Ich ziehe meine Expertise zurück. Gleich morgen früh.«

»Wie wollen Sie das machen?«, wunderte ich mich.

»Ich behaupte einfach, Thaler habe mich gezwungen, einen falschen Van-Gogh als echt zu beschreiben. Mit Waffengewalt. Dann ist das Bild keinen Pfifferling mehr wert.«

Wenn Sterner wüsste, dass der Van-Gogh sowieso falsch ist, dachte ich.

»Ich habe eine andere Idee, wie Sie Ihren Fehler wieder gut machen und Ihren Ruf als Kunstexperte retten können«, sagte Cortez.

»Und wie soll das gehen?« In Sterners Blick tauchte ein Hoffnungsschimmer auf.

»*Attendez quelques instants*!«

Cortez trat zu einer Nische in der Wand und kam mit einem Paket in den Händen zu uns hin. Es war in ein Leintuch eingewickelt. Cortez entblätterte den Gegenstand.

»Mich trifft der Schlag«, sagte ich entgeistert.

Cortez hielt den *Bauern im Melonenfeld* in den Händen. Das Gemälde schien eine exakte Kopie von dem zu sein, das Thaler vor einer halben Stunde weggeschleppt hatte.

Joe Sterner bekam den Mund ebenfalls nicht wieder zu.

»Dies hier ist der echte Van-Gogh«, behauptete Cortez. »Das Bild, das Thaler in die Hände gefallen ist, ist eine Kopie. Ich habe sie angefertigt, um Dieben ein Schnippchen zu schlagen. Jeder, der nur ein bisschen Ahnung von Kunst hat, wird sofort feststellen, dass das Bild nicht echt ist. Thaler hat also doch kein so gutes Geschäft gemacht. Eine prima Idee, nicht wahr?«

Die Liebe eines Paares auszudrücken durch die Vermählung von zwei Komplementärfarben, durch ihre Mischung und ihre Kontraste, durch das geheimnisvolle Vibrieren einander angenäherter Töne. Das Geistige einer Stirn auszudrücken durch das Leuchten eines hellen Tones auf einem dunklen Untergrund. Die Hoffnung durch einen Stern auszudrücken. Die Leidenschaft eines Menschen durch einen leuchtenden Sonnenuntergang.

Saftiges Herz

»Du bist ziemlich gerissen«, sagte ich, als ich mit Cortez allein war. Er hatte die von Thaler verriegelte Tür mit einigen geschickten Griffen geöffnet.

Wir hatten Sterner hinunter ins Dorf geschickt, wo er in einem Café warten sollte, bis ich ihn abholen würde. Er hatte nicht mal gemurrt – so sehr hatten ihn die Vorfälle geschockt.

»Findest du wirklich, dass ich gerissen bin?«, lächelte Cortez. Er kam näher und küsste mich auf den Hals.

»Nicht ablenken«, bat ich. »Wie viele echte Van-Goghs hast du noch in petto? Das zweite Bild ist natürlich auch eine Fälschung, oder?«

»Keineswegs«, behauptete er. »Hast du dir die Kapelle mal genau angesehen?«

Ich hob das Bild hoch.

»Kein Anbau«, stellte ich fest. »Diesmal hast du darauf geachtet.«

»Es ist wirklich echt.«

»Ich glaube dir kein Wort mehr.«

»Ich sage die Wahrheit.«

»Und warum hast du dieses merkwürdige Spiel gespielt?«

»Ich liebe es, Betrüger zu betrügen.«

»Nur zu betrügen – oder auch zu ermorden?«

»Um Gottes willen, nein!« Seine Stimme war wütend. »Ich habe mit den Morden nichts zu tun.«

»Mit dem Mord an Stenzel nicht«, gab ich zu. »Der ist geklärt. Was aber ist mit Kolatschke, seiner Frau und dem Melonenmann?«

»Kolatschke hat seine Frau und sich getötet, und wer Prébois ins Jenseits befördert hat – entzieht sich meiner Kenntnis.«

»Na gut. Schieben wir's auf.« Ich wollte die Lage nicht verschärfen. »Und was passiert jetzt?«

»Jetzt gehen wir in die Küche und ich bereite uns einen kleinen Imbiss«, kündigte er an.

»Gut«, stimmte ich zu. »Stress macht mich immer hungrig.«

»Worauf?«

»Darauf auch.«

»Kannst du schon mal den Tisch decken?«, fragte Cortez. Er hatte ein gewisses Lächeln auf den Lippen.

Ich begann das bereit gestellte Geschirr auf dem Holztisch zu verteilen; es war – ganz stilecht – Keramik aus der Provence.

»Nimm bitte möglichst bald Kontakt mit New York auf.«

Cortez war hinter mich getreten. Er umfasste meine Taille, schob das Shirt hinauf und legte die Hände auf die Stelle zwischen Bauchnabel und Busen. Ich bemühte mich, meinen Atem flach zu halten.

»New York soll Experten schicken, die das Gemälde begutachten können«, fuhr er fort. Er drückte seinen massigen Körper an meinen – ich wäre fast vornüber gefallen, doch da waren die großen Hände, die mich festhielten.

»Und dann?«, krächzte ich. Ich hatte das Gefühl, etwas zu dem Gespräch beisteuern zu müssen.

»Der *Bauer im Melonenfeld* wird einer internationalen Öffentlichkeit vorgestellt – das Geschäft zwischen Thaler, der Kunstmafia und dem unbekannten Sammler wird dann nicht mehr stattfinden.«

Er hob meine Arme in die Höhe, zog mir das dünne T-Shirt über den Kopf und warf es auf den Küchenboden.

»Und der tiefere Sinn der Übung?«, keuchte ich.

»Ein Schlachtfest wird beginnen. Die Jäger nach dem Bild werden sich gegenseitig neutralisieren.«

Cortez' Stimme war jetzt gepresst. Er hatte den Reißverschluss meiner Jeans geöffnet und war damit beschäftigt, die enge Hose von meinem Körper zu schälen. Er stand noch immer hinter mir, so dass ich sein Gesicht nicht sehen konnte.

Ich schloss die Augen, legte den Kopf zurück in seine Halsbeuge. Er roch nach Garrigue, Wein, Ölfarben und Pinselreiniger, seine Finger waren rau, die Berührungen ein wenig grob – aber geschickt genug, um mich nicht zu verprellen. Mangelnde Raffinesse und Geduld wurden durch das absolute Bestreben, unbedingt ans Ziel zu kommen, brillant ersetzt.

»Beuge dich nach vorn«, forderte er.

Ich tat es und mein Oberkörper lag auf dem alten Holztisch aus Kastanie. Rechts neben meinem Kopf kullerten Knoblauchknollen, links ein paar Schalotten, eine Flasche Wein stand dort, ein dunkelbrauner Korb mit honigfarbenen Melonen, feuergelben Orangen, violettprallen Feigen und einigen grünfahlen Artischocken.

Ich überlegte, ob van Gogh wohl Freude an einem solchen provencalischen Stillleben gehabt hätte, wie wir es einem Betrachter gerade boten – *Nature morte à la provençale – avec des fruits, de l'ail et une femme presque nue* – mit Obst, Knoblauch und einer fast nackten Frau.

Erfasst von einer jähen Ungeduld streckte ich mich ihm entgegen – er verstand und drang von hinten in mich ein.

Als wir fertig waren, hatte ich Knoblauchschalen im Haar, das Obst war aus der Schale gehüpft und über den Boden gekullert, die Melone hatte es am schwersten getroffen – sie lag zerborsten neben dem Tischbein und zeigte ihr aufgebrochenes, saftiges Herz.

»*Quel malheur*! Die schönen Früchte«, meinte ich mitleidig. »Die reichen höchstens noch für einen Obstsalat.«

»Ich bin schon froh, dass der Tisch nicht unter uns zusammengebrochen ist«, grinste Cortez. »Er hat immerhin schon über hundert Jahre auf dem Buckel.«

»Es lebe die Schreinerkunst des letzten Jahrhunderts«, strahlte ich. »Ich bin mal eben im Bad.«

Ich duschte und als ich in die Küche zurückkehrte, hatte Cortez ein kleines exquisites Mahl angerichtet.

Mein Blick saugte sich an ihm fest. Seine Haare waren wie üblich zerzaust, die Anstrengungen der vergangenen Stunde hatten seinen Blutdruck ansteigen und seine Wangen rosé werden lassen – eine echte Van-Gogh-Farbe: von innen erleuchtet.

Ich schnappte mir eine Feige, zerbiss sie, zog ihr mit den Zähnen einen Teil der Haut ab und vergrub meine Zunge in ihrem körnigen, frischsüßen Inneren.

»Dir beim Essen zuzuschauen ist eine Freude für mich«, meinte Cortez zärtlich.

Überrascht blickte ich auf.

»Du isst so langsam und so ...« Er suchte nach Worten. »... überaus sinnlich. Völlig ohne Gier. So, als würdest du dich bei den Dingen entschuldigen wollen, die du dir einverleibst.«

»Ich liebe gutes Essen nun mal«, gestand ich. »Und das, was ich liebe, behandele ich eben mit Achtung und versuche, ihm seine Würde zu lassen. Auch, wenn ich es dann doch vernichten muss.« Der Rest der Feige verschwand in meinem Mund.

»Vernichtung als sinnliches Ritual«, erkannte er. »Du bist gefährlich!«

»Ach wo«, wiegelte ich ab. »Nicht gefährlich – nur ein bisschen neurotisch. Ich denke gern um die Ecke. Und – mein Hang zur Dramatik ist überdimensional ausgeprägt.«

»Allerdings.« Cortez goss die Gläser voll. »Aber das macht die ganze Sache ... *très excitant. Ouvre la bouche, s'il te plaît.*«

Er drückte mir eine weitere Feige in den Mund, ich revanchierte mich mit einem Stück Melone, er brach ein Stück Brot, ich zupfte ein paar Artischockenblätter ... und so fütterten und tränkten wir uns gegenseitig, bis alles aufgegessen und weggetrunken war.

Es war inzwischen dunkel geworden, ich hatte jedes Zeitgefühl verloren.

»Es war schön«, sagte Cortez. »So schön. Ich werde es immer in Erinnerung behalten. *Jusqu'à la fin de ma vie.*«

Ich schwieg und dachte wie er.

»Wollen wir zu Bett gehen?«

»Wir haben Sterner völlig vergessen!«, wandte ich ein.

»Kein Problem«, beruhigte mich Cortez. »Ich habe der Patronin gesagt, sie soll ihn abfüllen und in einem der Gästezimmer ablegen. Du kannst ihn morgen früh mitnehmen.«

Das ist mein Streben – das beruht – malgré tout – weniger auf Groll als auf Liebe, mehr auf einem Gefühl heiterer Gelassenheit als auf Leidenschaft. Wenn ich auch oft elend dran bin, ist doch in mir eine ruhige, reine Harmonie und Musik. Im armseligsten Häuschen, im schmutzigsten Winkel sehe ich Bilder und Zeichnungen. Und wie mit unwiderstehlichem Drang geht mein Geist in diese Richtung.

Lila Schwertlilien

In jener Nacht vergnügten wir uns noch mehrmals aneinander, ich dachte nicht mehr an gefälschte Bilder, flüchtige kleine Diebe oder allein gelassene Komplizen. Es war mir egal, ob Cortez ein Bilderfälscher und ein Mörder war – irgendwo hatten wir alle unsere Leichen im Keller oder sonst wo.

Es war schon Mittag, als wir am Frühstückstisch saßen. Die Sonne stand schon hoch, doch in diese Gemäuer drang ihre Hitze nicht. Nur das Licht hatte sich hineingeschlichen und warf Scherenschnitte auf die mittelalterlichen Kreuzgewölbe.

»Was Thaler wohl gerade macht?«, sinnierte ich – eine Orange pellend.

»Hast du etwa Mitlied mit ihm?«, fragte Cortez.

Er hatte sich ein Leinentuch um die Hüften gebunden, auf seinen Schultern glänzte Wasser, die Haare waren noch feucht vom Duschen.

»Heute ist ein Tag, an dem ich mit jedem Mitleid hätte«, kaute ich. »Thaler will alles haben. Und das möglichst sofort. Wie ein Kind, das von seiner Mutter an Supermarktregalen vorbeigeschoben wird und gierig die Hände nach allem ausstreckt, was bunt und glänzend ist.«

»Dann wird er lernen müssen, sich in Bescheidenheit zu üben«, stellte Cortez fest. »*Je ne supportais pas ces aires d'importance, qu'il se donnait. Non seulement il est bête, mais par dessus le marché, il est imbus de sa personne.*«

»Natürlich ist er eingebildet«, räumte ich ein, »Aber dumm ist er keineswegs. Immerhin hat er uns fast ausgetrickst.«

Cortez warf mir einen prüfenden Blick zu. »Du machst dir ja wirklich Sorgen.«

»Ich will nicht, dass man seine Leiche irgendwo findet«, murmelte ich. »Das ist die ganze Sache nun wirklich nicht wert. Es geht ja schließlich nur um eine alte Leinwand mit ein paar wilden Farbklecksen drauf.«

»So also achtest du meine Arbeit!«, rief Cortez in gespielter Empörung.

»Ich mag deinen Beruf – deshalb will ich auch einen Van-Gogh«, sagte ich.

»Und welches Modell darf es sein, Madame?«, lachte er.

»Vincent hat so schöne Schwertlilienbilder gemalt«, erinnerte ich mich.

»*D'accord.* Ich werde dir eins malen. Auf eine Fälschung mehr oder weniger kommt es sowieso nicht mehr an. Immerhin hat van Gogh zehn- oder zwölfmal diese Irisart gemalt.«

»Vielleicht nehme ich doch lieber den *Bauern im Melonenfeld*«, korrigierte ich. »Wegen der Erinnerung.«

»Kein Problem«, sagte Cortez. »Willst du noch Kaffee?«

Ich nickte. »Du siehst van Gogh ein bisschen ähnlich«, fiel mir wieder auf. »Die kräftige Gestalt und das wirre, helle Haar.«

»Ich sehe also wie ein grober, holländischer Bauer aus?«, lachte er. »*Comme quelqu'un, qui sombrerait dans la démence à la fleur de l'âge*?«

»Ein bisschen verrückt bist du schon«, behauptete ich. »Und du wirkst nicht gerade wie ein temperamentvoller Südamerikaner.«

»Ich dachte, ich hätte genug Temperament gezeigt – die letzten Stunden.«

»*Ta fougue était admirable*«, gab ich zu.

Er lächelte mich an. »*Allons-y*!«, befahl er dann.

Ich zog das Betttuch fester um meinen Körper und setzte eine mürrische Miene auf. »Ich will hier bleiben«, maulte ich. »Eine Woche nur essen, trinken, lieben und schlafen. Alles vergessen, was stresst. Alles abwehren, was frustet. Alles draußen lassen, was stört. Das wäre doch was, oder?«

Cortez stand jetzt neben mir, zog mich vom Stuhl hoch.

»Los jetzt!«, befahl er und gab mir einen kräftigen Klaps auf den Po. »*C'est à nous de jouer maintenant. Habille-toi, s'il te plaît!*«

Ich mochte es, wenn er französisch mit mir sprach – alles klang um so vieles charmanter und freundlicher.

Zehn Minuten später begannen wir mit dem Abstieg ins Dorf.

Sterner hatte einen teuflischen Kater, als wir ihn in der Pension abholten. Der ganze Mann war ein Häufchen Elend. Er roch schlecht, war bleich und ich hatte Angst, dass er mir in mein Cabrio kotzen würde.

»Wenn es Sie würgt, lehnen Sie sich raus und versuchen Sie, die Straße zu treffen«, meinte ich ziemlich fuchtig.

Wir bugsierten ihn auf den Rücksitz und ich hakte das Windschott ein, damit Sterner uns nicht in den Nacken brechen konnte.

Sterner hielt sich wider Erwarten ganz gut. Als wir das Haus in Saignon erreichten, schien dort alles ruhig zu sein.

»Wir müssen trotzdem aufpassen«, sagte Cortez. Er hielt plötzlich einen Revolver in der Hand. »Lass mich zuerst gehen!«

Er pirschte sich an die Küchentür heran, wartete eine Weile, trat dann ein. Nichts geschah und einige Augenblicke später rief er Entwarnung.

Ich rannte in mein Zimmer und war gar nicht begeistert.

»Thaler war noch mal hier«, stellte ich fest. »Er hat meinen Laptop mitgenommen. Wahrscheinlich will er verhindern, dass wir ihm das Geschäft verderben.«

»Den Laptop hatte er schon im Auto, als wir hinter Ihnen herfuhren«, wusste Sterner zu berichten. »Er hat das Fax gelesen, das Sie nach New York geschickt haben – und das Antwortschreiben. Und er hat zurückgefaxt, dass sich die ganze Sache erledigt habe.«

»Verdammt!«, schrie ich. »Was sollen wir jetzt tun?«

»Reg dich nicht auf«, sagte Cortez. »Ich rufe in New York an und erzähle meinem Freund von der Kunstzeitschrift die ganze Geschichte. Jetzt ist es egal. Bald weiß sowieso jedermann, dass sich der Van-Gogh in dem Besitz meiner Familie befindet.«

Ich versuche jetzt gesund zu werden wie einer, der sich hat umbringen wollen, aber das Wasser zu kalt findet und sich nun ans Ufer zu retten versucht.

Aus mit lustig

Am späten Nachmittag setzten wir Joe Sterner in den Zug nach Marseille, von dort aus sollte er zurück in die Heimat fliegen. Cortez rechnete mit einem Show-down und da würde der durchgeknallte Kunstexperte nur stören.

Cortez zog in das Haus in Saignon ein. Den *Bauern im Melonenfeld* hatte er in ein Tuch geschlagen und in eine flache Aluminiumkiste gepackt. Ich hatte gar nicht mitbekommen, dass ich eine Hundert-Millionen-Fracht kutschierte – falls das Bild, was ich insgeheim noch immer bezweifelte, wirklich echt sein sollte.

Cortez hatte inzwischen in New York angerufen. Sein Freund versprach ihm, die Nachrichtenagenturen über den Diebstahl eines falschen Van-Gogh-Bildes zu informieren.

Ich dachte mal wieder an Thaler. Hoffentlich verprügeln sie ihn nur ein bisschen oder sprengen seinen Wagen in die Luft – ohne ihn am Steuer.

Wir gingen früh zu Bett, ohne Wein getrunken zu haben. »Wir müssen einen klaren Kopf behalten«, begründete Cortez den abrupten Alkoholentzug, den ich als ziemlich kontraproduktiv empfand.

Jetzt hieß es warten. Cortez erwartete eine heftige Auseinandersetzung, wenn die Diebe entdeckt hatten, dass sie ein gefälschtes Bild erbeutet hatten.

»Und wenn gar nichts passiert?«, fragte ich am nächsten Morgen.

»Es wird was passieren«, beharrte er.

»Und wenn nicht?«, nervte ich. »Sitzen wir dann den Rest unserer Tage unter diesem Maulbeerbaum faul in der Sonne? Und das auch noch ohne Wein!«

»*Mon dieu! Ne m'agace pas*!«, stieß er unwirsch hervor. Seine Nerven hatten Hochspannung.

Es ist wohl aus mit lustig, dachte ich.

»Mir reicht's«, sagte ich kühl. »Ich werde abreisen. Ich weiß überhaupt nicht, was ich hier noch soll.«

Ich stand auf und ging auf mein Zimmer, um die Sachen zu packen. In der Story war von Anfang an der Wurm drin gewesen, dachte ich. Was hatte mir Boris Thaler in Bierstadt um die Ohren geschlagen? ›Sie haben noch nicht kapiert, dass Ihre Zeit abgelaufen ist ...‹

Wahrscheinlich hatte er Recht, doch meine lief wenigstens noch, während er es vielleicht schon hinter sich hatte, der arme Tölpel.

»Ich will, dass du bleibst«, sagte Cortez' Stimme hinter mir.

»*Laisse-moi tranquille*!«, blaffte ich.

»*Ne me quitte pas*!«

»Warum?«

»Ich brauche dich.«

»So?«

»Ich brauche dich wirklich!«

»Wofür?«

»Du musst mir helfen.«
»Wobei?«
»*Un homme aux abois acceptera tous les moyens pouvant le sauver.*«
»Ich bin der Strohhalm, nach dem du greifst? Wodurch fühlst du dich bedrängt?«
»Ich hab dich belogen ...«
»Also ist der Van-Gogh gefälscht ...«
»Das meine ich nicht«, sagte Cortez. »Wenn es nur das wäre ...«
Ich sah ihn an und hatte das Gefühl, dass er jetzt nicht log, weil ihn schiere Verzweiflung auf das Wesentliche und Pure zurückgeworfen hatte.
Mit der Hand strich ich durch sein Haar. Ich wollte ihm gerade versichern, dass ich ihn natürlich nicht verlassen würde – denn ich hatte vielleicht doch vor, die Story journalistisch zu verwerten – als Motorengeräusch durchs geöffnete Fenster klang. Wir warfen uns einen Blick zu.
»*Merde*! Die Waffe liegt unten auf dem Tisch«, flüsterte Cortez, obwohl es noch keinen Anlass gab, die Stimme zu senken. »Komm!«
Er nahm meine Hand und wir schlichen in den Garten. Dort parkte eine dunkle Nobelkarosse neben den Lavendelfeldern.
Drei Männer standen davor. Zwei davon kannte ich – einer war der Mensch, der mich nach dem Anschlag in Arles verfolgt hatte, der andere war der von mir tot befürchtete Boris Thaler.
Den dritten Mann hatte ich noch nie gesehen – seine Körperhaltung ließ jedoch darauf schließen, dass er in dem Trio den Hut aufhatte und bestimmte, wo der Hammer hing.
Niemand sprach, wir starrten uns alle nur an. Thaler hatte ein manieriertes Grinsen aufgelegt, der zweite Typ guckte blöd und der dritte Mann im Bunde zeigte – die Hände in den Hosentaschen – einen Blick, der nur mit neutral-kalt zu umschreiben war.

Die Stille wurde mir zu laut. Es wurde Zeit, die Gesellschaft in Schwung zu bringen. »*Bonjour, messieurs*«, flötete ich. »*Prenez place, s'il vous plaît. Voulez-vous un peu du vin rouge?*«

Ich äugte zum Tisch. Der Revolver lag noch da, von einer Zeitung halb verborgen.

»*Merci, Madame*«, sagte der Boss. »*Vous êtes très gentille. Mais - chaque chose en son temps. Parlons d'abord des affaires sérieuses.*«

Sein Bodyguard nickte beflissen, Thaler entschloss sich zu einem indifferenten Blick.

Cortez ging auf die Dreiergruppe zu, reichte dem Älteren die Hand. »*Bonjour, Albert*«, hörte ich Cortez sagen. »*Comment vas-tu?*«

Das musste Albert Fournier sein, schoss es mir durch den Kopf. Cortez war ihm offensichtlich gut bekannt, sonst würde er ihn nicht duzen.

Fournier zog Cortez zur Seite und ich hörte beide leise reden – doch leider verstand ich nicht genau, was dort gesprochen wurde.

»*Tu veux faire une petite promenade?*« Der Vorschlag kam von Cortez und war an Albert gerichtet.

»Du willst einen Spaziergang machen?«, fragte ich entgeistert. »Und was ist mit mir? *Ce n'est pas possible*!«

»*Attends-moi ici*«, gab Cortez zurück.

Die beiden gingen schweigend den Weg zur Straße entlang und verschwanden schließlich hinter den Büschen.

»Und jetzt?« Ich hatte mich noch nicht auf die neueste Entwicklung eingestellt.

»Am besten setzen wir uns erst mal hin«, schlug Boris Thaler vor. »Gilt Ihr Angebot mit dem Wein noch?«

Ich nickte.

Thaler saß bereits im Plastikstuhl. Er hatte die Beine schon wieder auf den Tisch gelegt – ganz wie zu alten Zeiten.

Ich schob die Zeitung über den Revolver und nahm beides an mich.

»Was ist mit dem Gorilla da?« Ich deutete mit dem Kinn auf den Mann am Auto. »Kriegt der auch Alkohol?«

»Mamoud darf im Dienst keinen Tropfen trinken«, erklärte Thaler. »Albert würde ihn sonst rauswerfen.«

»Der böse, böse Albert!«

»Er führt seinen Konzern ziemlich straff«, bestätigte Thaler.

»Will er den Van-Gogh für sich selbst haben?«

»Natürlich. Dieser Mann hat nur eine Schwäche. Er liebt Bilder. Und er hat genug Geld, um sich seine Wünsche erfüllen zu können.«

Thalers letzter Satz triefte vor Neid und in seinem Blick lag die unbedingte Gier nach einem Leben in Luxus.

Ich ging in die Küche. Dort steckte ich den Revolver in meinen Hosenbund. Hoffentlich geht das Ding nicht von allein los und zertrümmert meinen Fußmittelknochen, dachte ich. Jetzt noch das T-Shirt drüber verteilt, die Flasche entkorkt, Gläser geschnappt und wieder raus. Niemand hatte was bemerkt.

Wieder im Garten fragte ich Thaler: »Haben Sie die dreißig Millionen von dem lieben Albert bekommen?«

»Sie wissen genau, dass mir Cortez das falsche Bild untergejubelt hat«, klagte Thaler. »Nur meiner überragenden Intelligenz ist es zu verdanken, dass ich jetzt nicht auf dem Grund der Seine liege.«

»Wie haben Sie Albert davon überzeugt, dass er ausgerechnet so jemanden wie Sie noch braucht?«

»Ich habe ihm klar gemacht, dass ich eine sozialverträgliche Lösung für sein Problem gefunden habe«, sagte Thaler von ganz oben herab.

»Und – wie sieht die aus?«

»Ich habe ihm gesagt, dass er seinen Konzern nach modernen Managementregeln führen muss. Nicht immer gleich draufhauen, nicht so viele Leute umbringen ... Albert Fournier ist ein Schöngeist – auch wenn er manchmal etwas grob werden kann.«

»Was – zum Teufel – soll heute hier ablaufen?«

»Wir sind gekommen, um das echte Bild zu holen.«

»Zu holen? Ist damit Kaufen oder Stehlen gemeint?«

»Das hängt davon ab, was Cortez und Albert miteinander besprechen. Ich habe Monsieur Albert geraten, Cortez einen halbwegs fairen Preis zu bieten.«

»Cortez wird nicht verkaufen!«

»Doch – das wird er.« Thaler schien sich seiner Sache sicher zu sein.

»Schmeckt der Wein?«, wechselte ich das Thema.

»Er ist ein bisschen zu kühl.«

»Ich bin untröstlich!«

»Machen Sie sich nichts daraus, Frau Grappa«, sagte Thaler gnädig. »Sie konnten ja nicht wissen, dass ich wieder auftauche.«

»Damit habe ich wirklich nicht gerechnet. Ich habe mir sogar Sorgen um Sie gemacht.«

»Tatsächlich?«

»Ja. Mindestens fünf Sekunden lang. Danach war mir aber klar, dass so ein Arschloch wie Sie immer wieder auf die Füße fällt. Zumindest zunächst.«

»Was heißt das – zunächst?«

»Sie haben vielleicht Talent, Ihr Leben in Saus und Braus zu gestalten. Aber solche Typen wie Sie machen grundlegende Fehler. Sie kosten zu sehr von der Lüge und mögen den Verrat – und das wird Ihnen den Hals brechen.«

Thaler guckte mich erstaunt an und für den Bruchteil einer Sekunde hatte ich den Eindruck, dass er verstanden hatte, was ich gemeint hatte: dass er zu herzlos, gierig und ungeduldig war, dass ihm jegliche Moral und jedes Gewissen fehlten. Es hatte keinen Sinn, sich weiter mit seinem Charakter zu beschäftigen.

Schweigend tranken wir.

»Sind Sie böse auf mich?«

Komisch, dachte ich, jetzt war er wieder ein kleiner Junge. Ich hatte den Stacheldraht vor den dunklen Augen für ein paar Sekunden durchgeknipst.

»Böse? Ach wo! Sie haben sich für einen bestimmten

Weg entschieden – und den müssen Sie jetzt gehen. Bis zum Ende. Wie immer es aussehen mag.«

»Das werde ich auch tun – egal, was passiert«, kam es heldenhaft – und mit einem Anflug von Trotz.

»Dann lassen Sie uns auf Ihr Wohl anstoßen«, schlug ich vor. »Sie können's gebrauchen.«

Unsere Gläser klangen. Ich klopfte ihm aufmunternd auf die Schulter. Wir tranken weiter. Eine richtig ausgelassene Stimmung wollte trotzdem nicht aufkommen.

»Wo ist eigentlich Ihr Schatz?« Fragen nach ihren Autos hatten Männer schon immer zugänglicher gemacht.

»Der steht in Paris in einer Garage.«

»Und? Ist er wohlauf? Stuhlgang und Kreislauf okay?«

»Wir können nicht klagen.«

»Prima.«

Schon wieder stockte der Dialog. Plötzlich sah ich, dass der Gorilla am Auto Witterung aufgenommen hatte. Cortez und Albert kehrten zurück. Sie schienen sich nichts getan zu haben und handelseinig zu sein.

»Was ist?«, fragte ich, als beide am Tisch standen.

»Wir müssen ihnen das Bild geben«, sagte Cortez.

»Nein, das müssen wir nicht«, widersprach ich.

»Ich habe doch nur Angst um dich, Maria«, behauptete Cortez. »Sie werden uns beide zunächst schrecklich zurichten und uns dann umbringen. Was mit mir passiert, ist mir egal – aber ich will nicht, dass du leiden musst.«

Ich dachte an Thalers Geschwätz von den modernen Managementmethoden des lieben Albert. Es wurde Zeit, Fakten zu schaffen.

»Verdammte Scheiße! Hör auf mit dem Gesülze. Was seid ihr alle nur für Waschlappen?«

Ich drückte dem lieben Albert die Waffe ins Kreuz – und zwar so, dass alle Anwesenden es sehen konnten.

Der Gorilla muckte leicht, blieb aber doch am Wagen stehen.

»*Quelle mouche t'a piqué*? Was tust du da?« Cortez konnte manchmal dämliche Fragen stellen.

»Das siehst du doch: Ich rette uns«, sagte ich. »Und

jetzt setzt ihr drei euch ins Auto und verduftet. *Mais en vitesse.*«

Albert stieß einen Fluch aus, den ich nicht verstand. Und dann geschah etwas, mit dem ich zu keiner Zeit der Welt gerechnet hätte. Cortez ergriff meinen Arm und schlug mir die Waffe aus der Hand.

»Bist du wahnsinnig?«, schrie ich. »Warum tust du das?«

»Ich lasse mir von dir nicht das Geschäft verderben!«, schrie Cortez zurück. »Ich kriege fünfzig Millionen für das Bild. Ist das etwa nichts?«

Jetzt fing Boris Thaler auch noch an zu lachen.

»So viel zum Thema ›Erhabenheit der Kunst‹«, prustete er.

»Es reicht!«, brüllte ich. »Ihr könnt mich alle mal!«

Wütend ließ ich die Viererbande im Garten zurück, legte mich auf mein Zimmer und heulte eine Runde. Cortez war ein verdammter Verräter – vielleicht noch schlimmer als Boris Thaler, der sich nie so in mein Vertrauen geschlichen hatte.

Zwischen meinen Schluchzern hörte ich immer wieder Stimmen, später dann ein sich entfernendes Motorengeräusch.

Irgendwann stand dann Cortez in meinem Zimmer. Er hatte einen Koffer in der Hand, legte ihn aufs Bett und öffnete ihn.

»Fünfzig Millionen«, sagte er. »Schau sie dir an.«

»Ich weiß, wie Geldscheine aussehen.«

»Ich habe Schulden. Ich brauchte das Geld – verstehst du das nicht?«

»Die haben fünfzig Millionen für eine Fälschung bezahlt?«

»Sie halten das Bild für echt. Ich musste diese ganze verrückte Geschichte inszenieren, damit sie das auch wirklich glauben.«

»Und Rosalie? Du hast deine eigene Mutter belogen!«

»Sie wusste von Anfang an, dass das Bild nicht echt ist.

Sie hat mich auf den Gedanken gebracht, mir diese schöne Geschichte auszudenken.«

»Ich glaube dir kein Wort!«

»Es ist aber die Wahrheit.«

Warum nicht, dachte ich traurig, das einzige dumme Schaf in dieser Nummer bin ich. Warum sollte Rosalie nicht in der Sache mit drin stecken? Nur, weil sie alt und gebrechlich war?

»Und New York? Was sagst du denen, wenn die Experten hier sein werden?«

»Ich habe gestern nicht in New York angerufen, sondern mit Albert Kontakt aufgenommen. Ich habe ihm das Bild zum Kauf angeboten.«

»Warum warst du dann so erschrocken, als die drei eben hier auftauchten?«

»Weil ich nicht wusste, ob sie auch tatsächlich bezahlen würden«, erklärte er. »Es hätte genauso gut sein können, dass sie uns umbringen wollten. Und unsere einzige Verteidigung – der Revolver nämlich – lag unter der Zeitung – auf dem Tisch.«

»Oh Himmel! Du hast aber wirklich an alles gedacht, Cortez!« Ich lachte bitter. »Und ich bin auf dein sentimentales Gequatsche hereingefallen! Habe dich für den einzigen Moralisten in dieser Sache gehalten, für den hehren Künstler.«

Ich erhob mich, um ins Bad zu gehen. Dabei fiel der Koffer vom Bett, Bündel von Scheinen ergossen sich über den Boden. Achtlos trat ich darauf herum. Ich musste so schnell wie möglich weg – von Cortez, aus diesem Haus, aus diesem Dorf, aus diesem Land.

Zügig warf ich meine Sachen in den Koffer. Zwanzig Minuten später waren mein Auto und ich reisefertig.

Es ist nur allzu wahr, dass eine Menge Maler geisteskrank werden – es ist ein Leben, das einen, milde ausgedrückt, sehr weltfremd macht. Wenn ich mich wieder Hals über Kopf in die Arbeit stürze, so ist das gut, aber halb verdreht werde ich immer bleiben.

Kühle Rache

Au revoir, Saignon, *au revoir*, Cortez. Er hatte sich ein Taxi kommen lassen, war eingestiegen und hatte sich mit dem Koffer voller Geld verdrückt. Ohne sich umzublicken. Darauf legte ich allerdings auch keinen Wert mehr.

Ich wollte noch Abschied nehmen von diesem Dorf, das unverändert am Felsen klebte wie ein Greifvogeljunges auf seinem Nest. Ein letztes Mal noch der Aufstieg zum Felsen, von dessen Plateau der Mont Ventoux und die Wälder des Lubéron in einmaligem Einklang zu sehen waren.

Es war Mapucho, der mir, wie damals, den Weg versperrte. Der Hund hatte sich von Prébois' Attacke sichtlich erholt, er wirkte putzmunter, brauchte vermutlich nur eine Brille, denn er erkannte mich nicht sofort und knurrte mich wütend an. Ich schimpfte ordentlich mit ihm, dann lief er vor mir her – direkt zu Rosalies Haus.

Ich überlegte. Cortez hatte mir erzählt, dass sie wieder zu Hause sei. Sollte ich sie besuchen?

Ich pochte an die Tür. Es gab da noch ein paar Dinge, die ich gern klären wollte.

Nach einer Weile knarrte die Holztür und öffnete sich langsam. Die wachen Augen der alten Frau blickten mich an.

»*Bonjour, Rosalie*«, begann ich. »*Comment allez-vous?*«

Sie ließ mich hinein.

Ich erkundigte mich nach ihrem Gesundheitszustand, der leidlich zu sein schien. Sie habe nur noch ab und zu Kopfschmerzen.

Ich erinnerte mich plötzlich an einen Satz, den sie bei meinem Besuch im Krankenhaus gesagt hatte. Das war kurz nach dem Überfall gewesen. Rosalie hatte von Strafe gesprochen und dabei Prébois, den Melonenmann, gemeint. Ich sprach sie darauf an.

Die alte Frau kicherte. »*Maintenant – la vengeance est termineé*«, sagte sie dann.

Ich erkundigte mich, was sie mit »Rache« meine.

»*Dites enfin ce que vous voulez et ne tournez pas autour du pot.*« Sie forderte mich auf, nicht wie die Katze um den heißen Brei herumzuschleichen. Ihre Stimme war plötzlich hart und jung. Sie wollte es also wissen. Kein Problem.

»Sie haben Prébois erledigt«, sagte ich.

»*Exactement*«, gab sie zu.

»Erzählen Sie!«

»Prébois hat das Bild bei mir vermutet. Er brach ins Haus ein, griff mich an. Ich habe ihn erschossen. Es war ... wie sagt man? ... *légitime défense* ... Notwehr.«

»Und warum haben Sie das nicht der Polizei erzählt?«, wollte ich wissen. »Niemand hätte Sie dafür bestrafen können.«

»Das ging nicht«, behauptete sie. »Dann hätten alle gewusst, dass wir das Bild haben.«

»Antonio hat die Leiche ins Melonenfeld geworfen?«

»Ja«, kicherte sie. »Prébois liebte die Melonen doch so sehr. Bis in den Tod.«

Ich atmete tief durch. In welchem Film war ich?

Vor mir saß eine verschrumpelte alte Frau, die Komplizin eines Fälschers war, die mit einer Waffe herumgeballert und auch noch getroffen hatte. Meine Menschenkenntnis hatte mich in dieser Geschichte schnöde im Stich gelassen.

»Ich glaube Ihnen kein Wort«, versuchte ich es noch mal, »Antonio hat das alles allein getan – und Sie wollen ihn nur schützen.«

»*Oh là là*!«, meinte Rosalie ärgerlich. »*Vous êtes un peu bornée*!«

Ich überhörte die Beleidigung. »Können Sie überhaupt mit einer Waffe umgehen?«

»*Bien sûr*«, sagte sie. »Jede Frau in Argentinien kann schießen. Außerdem – ich war im Training.«

Ich sah sie fragend an.

»*J'ai tué les boches.*«

»Sie haben Kolatschke und seine Frau umgebracht?«

Jetzt drehte sie langsam durch.

»Sie haben mich jahrelang ausgeraubt. Sie sind in mein Haus gekommen und haben mich bestohlen. Sie waren schlechte Menschen. Sie haben den Tod verdient.«

»Unmöglich. Die Polizei sagt, dass es Mord und Selbstmord war.«

»*Ils se sont trompés*. Ich habe dem Mann die Waffe in die Hand gelegt. *C'est ça*!«

Ich hatte genug gehört. Was sollte ich tun? Mit den Informationen zur Polizei rennen?

Unmöglich. Niemand würde Rosalie glauben. Und mir schon gar nicht.

Ich muss raus hier, dachte ich, nichts wie weg – und zwar ganz weit.

»Ich fahre wieder nach Hause«, sagte ich. »*Au revoir*.«

Rosalie Marengo blickte mich an. Ihr Blick war ehrlich und verbarg nichts vor mir. »*A bientôt, ma petite*«, lächelte sie. »*Je vous souhaite un bon voyage*.«

Hastig griff ich nach meiner Handtasche, nahm die Jacke an mich. Mir war kalt.

Mapucho sprang an mir hoch und begleitete mich bis vor die Tür. Er jaulte und wedelte mit dem Schwanz, als ich ihn – ein letztes Mal – *mon petit chou-chou* – nannte und mich in meinem geschliffenen Hundefranzösisch von ihm verabschiedete.

Mir wurde leicht ums Herz, als ich den Abstieg hinter mir hatte, in mein Auto kletterte und startete. Da ich keinen Flug gebucht hatte, würde ich den Mietwagen erst in Deutschland abgeben. Cortez hatte ihn schließlich bezahlt – und konnte ihn sich auch leisten – mit schlappen fünfzig Millionen im Koffer.

Die Sonne war tiefgolden und abendlich, die ersten Fledermäuse gingen auf Insektenjagd, der Lavendel ließ ein wenig die Köpfchen hängen, die Steinmauern leuchteten von innen. Die Straße zum Plateau de Claparèdes war leer, nur einige Eichelhäher schossen durch die Luft – knapp über der Fahrbahn.

Soll man sich für einen gefährlichen Menschen halten, der zu nichts taugt? Ich glaube nicht. Vielmehr geht es darum, mit allen Mitteln zu versuchen, gerade aus diesen Leidenschaften Nutzen zu ziehen.

Zu bunt!

Die Bilanz dieser Reise ins Land der Sonne und der Kunst war ernüchternd. Ich hatte eine liebenswerte alte Frau kennen gelernt, die mal eben ein paar Leute niedergeballert hatte, und ich war auf einen Mann hereingefallen, der als Lover, aber auch als Betrüger und Fälscher erste Sahne war. Und da war noch Thaler, jenes hoffnungsvolle journalistische Talent, das über seine gnadenlose Geldgier und mangelnde Moral den Weg in den Abgrund gewählt hatte. Irgendwann würde er – von Kugeln durchsiebt – auf einer Straße liegen.

Und wie stand ich da? So wie immer: allein auf dem Schlachtfeld des Lebens – aber ich stand wenigstens noch aufrecht.

Ich nahm mir vor, die Sache positiv zu sehen. Wenn es etwas gab, das mich auszeichnete, dann waren es meine Nehmerqualitäten, mit denen ich auch die bisherigen Tiefpunkte meines Lebens überstanden hatte.

Ich beschloss, die ganze Nacht durchzufahren. Van Gogh und seine Farben würde ich weiter lieben. Und ich würde diese Geschichte trotzdem schreiben – auch wenn sie wirklich eine Spur zu bunt für mich gewesen war.

Aber man hat eine Stütze, wenn man mit seinen Gefühlen und Gedanken nicht immer allein herumzulaufen braucht, sondern mit einer Gruppe anderer Menschen zusammen arbeitet und denkt. Dann vermag man auch mehr und man ist unendlich viel glücklicher.

Ausklang

Monate später – es war im tiefsten Winter – erhielt ich eine Nachricht von meinem örtlichen Postamt. Ein Paket sei für mich eingetroffen, ich sollte es baldmöglichst abholen.

Ich fuhr am nächsten Tag hin. Als ich das Format sah, bekam ich Herzklopfen, denn ich war sicher zu wissen, was die Sendung enthielt.

Seit dieser Zeit hängt ein ›echter‹ Van-Gogh über meinem Bett – das Bild zeigt einen Bauern, der sich im Abendlicht in seinem Melonenfeld herumtreibt. Links unten ist zu lesen: *Für Grappa von Vincent* – und die Jahreszahl: *1998*. Nun schlafe ich unter einer flammenden Sonne und ich spüre jeden Abend vor dem Einschlafen ihre Wärme auf meiner Haut.

Ich hätte Cortez gern wieder gesehen – trotz allem. Irgendwann würde ich mich aufmachen, ihn zu suchen. Vielleicht kehrte er ja nach Oppède-le-Vieux zurück, jenem verwunschenen, aufgegebenen Ort an den grüngeschwungenen Bergen des Lubéron.

Von Boris Thaler habe ich nie wieder etwas gehört. Und das war gut so.

Krimis von Gabriella Wollenhaupt

Grappas Versuchung
ISBN 3-89425-034-8 DM 14,80
Der erste Krimi mit Maria Grappa
Reporterin umkreist charmanten Bösewicht.

Grappas Treibjagd
ISBN 3-89425-038-0 DM 15,80
Der zweite Krimi mit Maria Grappa
Wer ist der angesehene »Onkel Herbert«?

Grappa macht Theater
ISBN 3-89425-042-9 DM 14,80
Der dritte Krimi mit Maria Grappa
Geheimbund kontrolliert Kulturleben in Bierstadt.

Grappa dreht durch
ISBN 3-89425-046-1 DM 15,80
Der vierte Krimi mit Maria Grappa
Nackte Tatsachen in Bierstädter Filmstudio.

Grappa fängt Feuer
ISBN 3-89425-050-X DM 16,80
Der fünfte Krimi mit Maria Grappa
Griechische Mythen werden Wirklichkeit.

Grappa und der Wolf
ISBN 3-89425-061-5 DM 14,80
Der sechste Krimi mit Maria Grappa
Spannendes Duell im Umfeld eines Plutoniumschmuggels

Killt Grappa!
ISBN 3-89425-066-6 DM 14,80
Der siebte Krimi mit Maria Grappa
Schönheitschirurgie und Satanismus

Grappa und die fantastischen Fünf
ISBN 3-89425-076-3 DM 14,80
Der achte Krimi mit Maria Grappa
Toter Teppichhändler und Erpresserbande

Grappa-Baby
ISBN 3-89425-207-3 DM 14,80
Der neunte Krimi mit Maria Grappa
Die menschliche Reproduktion zwischen Himmel und Hölle

»Pegasus«-Krimis von Ard & Junge

Das Ekel von Datteln
1. Band der PEGASUS-Serie ISBN 3-89425-426-2
»Gründlich ausrecherchiert - darum sehr realitätsnah - ist die Szenerie an den Schauplätzen des kriminellen Geschehens.« (Ruhr-Nachrichten)

Das Ekel schlägt zurück
2. Band der PEGASUS-Serie ISBN 3-89425-010-0
»Tempo, Spannung, der milieusichere Blick in die rauhe Herzlichkeit des Revier-Genossen-Filzes.« (Manfred Breuckmann/WDR)
»...freche, vergnügliche Polit-Satire von manchmal sympathischer, manchmal abstoßender Bösartigkeit.« (WAZ)

Die Waffen des Ekels
3. Band der PEGASUS-Serie ISBN 3-89425-021-6
»Genial springen die Autoren zwischen mehreren Handlungssträngen, spielen mit der deutschen Sprache wie mit Verdachtsmomenten; so entsteht Lesevergnügen vom Feinsten.« (SCHNÜSS, Bonn)

Meine Niere, deine Niere
4. Band der PEGASUS-Serie ISBN 3-89425-028-3
PEGASUS, das berühmteste Videoteam zwischen Marten, Oespel und Lütgendortmund, deckt kriminellen Organhandel auf - und natürlich mischt »Ekel« Roggenkemper wieder mit.

Der Witwenschüttler
5. Band der PEGASUS-Serie ISBN 3-89425-044-5
Doppelmord in Recklinghausen: Die Opfer sind der Umweltminister von NRW und seine Geliebte. Private Rache oder Terror? PEGASUS recherchiert...

Totes Kreuz
6. Band der PEGASUS-Serie ISBN 3-89425-070-4
Panik in Datteln: Zwei Altenpflegerinnen werden ermordet, Zivi Kalle Mager ruft PEGASUS zu Hilfe, und ein unausstehlich herrschsüchtiger Senior macht dem Personal das Leben schwer.

Straßenfest
7. Band der PEGASUS-Serie ISBN 3-89425-213-8
Punker-Happening beim Weinfest und Straßenfest in einer spießigen Reihenhaussiedlung - es gibt Tote, PEGASUS filmt und Lohkamp ermittelt.

grafit